MINGLI GUSHI

唤醒自身的潜能

《明理故事》编委会 编

四川科学技术出版社

图书在版编目（CIP）数据

明理故事·唤醒自身的潜能/《明理故事》编委会
编.—成都：四川科学技术出版社，2016.5（2017.5 重印）

ISBN 978-7-5364-8283-8

Ⅰ.①明… Ⅱ.①明… Ⅲ.①故事—作品集—世界
Ⅳ.①I14

中国版本图书馆CIP数据核字（2016）第012935号

明理故事·唤醒自身的潜能

MINGLI GUSHI·HUANXING ZISHEN DE QIANNENG

编　　者　《明理故事》编委会

出 品 人　钱丹凝
责任编辑　肖　伊　郑　尧　欧　涛　陈敦和
封面设计　法思特设计
责任出版　欧晓春
出版发行　四川科学技术出版社
　　　　　成都市槐树街2号　邮政编码：610031
　　　　　官方微博：http://e.weibo.com/sckjcbs
　　　　　官方微信公众号：sckjcbs
　　　　　传真：028-87734039
成品尺寸　168mm×238mm
印　　张　10
字　　数　180千
印　　刷　四川省南方印务有限公司
版　　次　2016年5月第1版
印　　次　2017年5月第2次印刷
定　　价　28.00元
ISBN 978-7-5364-8283-8

邮购：四川省成都市槐树街2号　邮政编码：610031
电话：028-87734035　电子邮箱：SCKJCBS@163.COM

前言
PREFACE

　　一个在困难面前叫苦不迭的人，是很难成就大事的。在看到困难时不是裹足不前、束手无策，而是从主观到客观上寻求出路与方法，在走投无路时，就有可能创造奇迹。

　　走向成功的道路就好比参加一场马拉松比赛，谁有毅力和信心谁就是赢家。我们站在同一条起跑线上，但能成功到达终点的又能有几个呢？在这长途赛跑中难免会跌倒，难免会遇到困难与挫折，但我们只要坚持不懈的使自己的内心强大起来，定能突破障碍，驶向终点。

　　每个人心中都有一位沉睡的巨人，每个人身上都蕴藏着巨大的、不可估量的潜力，每个人都是天才……成功是留给有准备的人们，开发和利用这些"潜能"，要靠社会、靠父母、靠老师、更要靠我们自己！想要成为一位真正的强者就要激发出身上的潜能，成为一个思想上的强者、生活中的巨人。

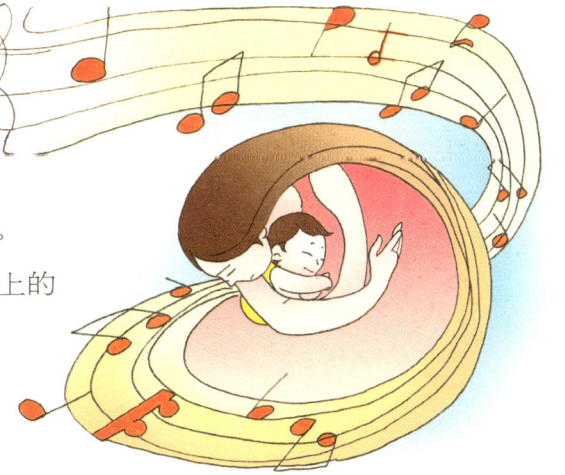

　　那我们要怎样做才能激发出身上的潜能呢？这本书会告诉我们答案。

　　本书不仅有古今中外的名人故事，也有许多小人物的喜怒哀

乐，每个故事都能使您从不同方面洗涤自己的头脑和灵魂。它们大都诙谐幽默、贴近生活、富有趣味性和哲理性，每个小故事之后，还有几句"智慧小语"，激起你我思想的震荡，让我们在享受阅读的喜悦之时，得到启迪，为自己的人生道路铺砖添瓦。

亲爱的朋友，当你在成长中面临困难、挫折或失败时，当你感到迷茫、失落或无助时，你我应该乐观的想着这是上天的考验，是上天的恩赐，只要我们拥有一个积极进取的心态，认识到自己的力量，搬开心中的绊脚石，激发出最大潜能，立即行动起来，勇敢地与命运抗争，我们就是生活中的强者！我们也能创造奇迹！

你我都是独一无二、不可复制的存在，只有先认识自己，激发出身上的潜能，你才能将命运握在自己手心里。我们期待着你从书中受到触动，激发灵感，收获知识，激发出你身上的潜能。我们也希望本书能将感动和快乐传递给你以及你身边的人们。

目录
CONTENTS

✺ 激发内心的潜能

激发内心的潜能 ·················· 2

挖掘你身上的宝藏 ·················· 4

黑人州长 ·················· 6

我能成为最好的自己 ·················· 8

你就是上帝 ·················· 10

不一般的明信片 ·················· 13

"一无是处"的大仲马 ·················· 15

小小推销员 ·················· 17

别样的"风暴" ·················· 19

敌人的作用 ·················· 21

✺ 与命运抗争才是强者

存在命运吗? ·················· 24

与命运抗争才是强者 ·················· 26

聚焦"白点" ·················· 28

威武不能屈 ·················· 30

选择重生 ························· 32

苦难变成财富 ····················· 34

极地"奇葩" ······················ 36

那又怎样？ ······················· 38

蚂蚁的拯救 ······················· 40

最优秀的独腿人 ··················· 42

✳ 先改变自己，再改变世界

先改变自己，再改变世界 ··········· 46

"茶杯"的位置 ···················· 48

"丑鼻"变法宝 ···················· 50

成为千里马 ······················· 52

走向生活 ························· 54

勤快狗和懒惰猫 ··················· 56

用心倾听 ························· 58

一封指责信 ······················· 60

干好手中的活 ····················· 62

美化自己的区域 ··················· 64

✳ 不要给自己的人生设限

我的人生我做主 ··················· 68

不要给自己的人生设限 ············· 70

你也可以不平凡 ··················· 72

天下第一的店小二 ················· 74

动力源泉 ⋯⋯⋯⋯⋯⋯⋯⋯⋯⋯⋯⋯⋯⋯ 76

别困在"房间" ⋯⋯⋯⋯⋯⋯⋯⋯⋯⋯⋯⋯ 78

请拓宽"窄道" ⋯⋯⋯⋯⋯⋯⋯⋯⋯⋯⋯⋯ 80

质疑"禁令" ⋯⋯⋯⋯⋯⋯⋯⋯⋯⋯⋯⋯⋯ 82

无法动摇的决定 ⋯⋯⋯⋯⋯⋯⋯⋯⋯⋯⋯⋯ 84

科学的柱子 ⋯⋯⋯⋯⋯⋯⋯⋯⋯⋯⋯⋯⋯ 86

✳ 永远有一颗热忱的心

区别对待的结果 ⋯⋯⋯⋯⋯⋯⋯⋯⋯⋯⋯⋯ 90

永远有一颗热忱的心 ⋯⋯⋯⋯⋯⋯⋯⋯⋯⋯ 92

对梦想保持热度 ⋯⋯⋯⋯⋯⋯⋯⋯⋯⋯⋯⋯ 94

我相信你 ⋯⋯⋯⋯⋯⋯⋯⋯⋯⋯⋯⋯⋯⋯ 96

用爱浇灌出的人生 ⋯⋯⋯⋯⋯⋯⋯⋯⋯⋯⋯ 98

最好的礼物 ⋯⋯⋯⋯⋯⋯⋯⋯⋯⋯⋯⋯⋯ 100

"慷慨"的回报 ⋯⋯⋯⋯⋯⋯⋯⋯⋯⋯⋯⋯ 102

热忱有度 ⋯⋯⋯⋯⋯⋯⋯⋯⋯⋯⋯⋯⋯⋯ 104

留有余香 ⋯⋯⋯⋯⋯⋯⋯⋯⋯⋯⋯⋯⋯⋯ 106

传递正能量 ⋯⋯⋯⋯⋯⋯⋯⋯⋯⋯⋯⋯⋯ 108

✳ 相信一切皆有可能

荒地变绿洲 ⋯⋯⋯⋯⋯⋯⋯⋯⋯⋯⋯⋯⋯ 112

相信,一切皆有可能 ⋯⋯⋯⋯⋯⋯⋯⋯⋯⋯ 114

谁说不能"纯白"? ⋯⋯⋯⋯⋯⋯⋯⋯⋯⋯⋯ 116

上帝开了一扇窗 ⋯⋯⋯⋯⋯⋯⋯⋯⋯⋯⋯⋯ 118

双手"走"完的距离 ……………………………… 120

"嘲笑"出来的拳王 ……………………………… 122

传媒界的"金矿" ………………………………… 124

切勿妄下断语 …………………………………… 126

梦想的坚定者 …………………………………… 128

后来居上 ………………………………………… 130

改变思维，改变命运

被上帝咬过的苹果 ……………………………… 134

善用智慧，上演逆战 …………………………… 136

山穷水复？柳暗花明！ ………………………… 138

改变思维，改变命运 …………………………… 140

"成也萧何，败也萧何" ………………………… 142

绝妙的遗嘱 ……………………………………… 144

三幅画像 ………………………………………… 147

此路不通彼路通 ………………………………… 150

激发内心的潜能

为什么有的人光芒四射，有的人平凡普通呢？其实，每个人都拥有无穷的潜力。成功的人之所以成功，只是因为他们比一般人激发出了更多的潜能。只要我们尽可能地激发自己的潜能，我们也会与众不同！

激发内心的潜能

战争来了，成千上万的人开始逃难，在这逃难的人潮当中，有一位身体虚弱的母亲，带着自己三岁的小孩一起逃难。

炙热的太阳，似乎还嫌难民们不够艰难，一定要给他们增加考验难度，所以它肆意地烘烤这片苦难的大地。难民潮缓慢地向边境移动，步履蹒跚的他们一步一步艰难地向前走，途中不断有人倒下，很多人倒下去就再也没有起来了。

那位虚弱的母亲，终于支撑不下去了。她抱着孩子，找到了难民潮当中的一位神父。

"尊敬的神父，我想拜托您帮我照顾这可怜的孩子。我支撑不住了，肯定到不了边境了，所以看在上帝的份上，请您照顾我的孩子吧！"母亲含着泪哀求神父。

"女士，我略懂医术，让我检查一下您的身体好吗？"神父想确定这位母亲的体力如何。

虚弱的母亲点了点头。

"您的体力尚可，您一定可以到达边境的。"检查完后，神父说道。

"不，我到不了的，我知道自己的身体，您一定只是安慰我，或是怕我的孩子拖累您才这样说。"母亲认为神父是想拒绝她的请求，她强忍着的泪水还是流出来了。

"您说的这是什么话啊！"神父无奈地说道。

"那您就答应我的请求啊！"母亲有点悲愤了。

神父思索了几秒钟后，果断地说："您自己的孩子，当然要由您自己负责，我无法代劳！"说完，转身向前走了。

这位虚弱的母亲，从未见过这般无情的神父，心中不由得十分愤怒，她抱着自己的孩子，回到难民潮的队伍当中。

一天一天过去，这一群难民终于步行到了边境，通过国际红十字会的帮助，在难民营中，每个人至少有了最起码的安身之处。

这时候，神父再来探望这位身体已经恢复健康的母亲。神父看到她，欣慰地说："还好我没有接下托孤的任务，今天才能看到你们母子平安。"

"您什么意思？"母亲不解。

"如果当时我答应了您的请求，那您心中就不会有牵挂，没有了牵挂就无法激发您内心的潜能，那您就真的无法到达边境了。"神父这才说出自己的苦心。

顿时，这位母亲热泪盈眶，内心充满了感激。

在危急时刻，无论如何都要让孩子活下来，这位母亲正是因为有这个意念，才激发出了无穷的潜能。断了退路，人的潜能就会被最大限度地激发，这就是人们常说的"置之死地而后生"。

挖掘你身上的宝藏

在一百多年前，有一位博学多才的先生康威尔，他是美国费城的一名牧师。某天，6个高中生来到牧师面前问："先生，您愿意教我们读书吗？我们快中学毕业了，可是没钱上大学，所以想让您来当我们的老师，可以吗？"

一向乐于助人的康威尔，欣然答应了他们的请求。同时又暗自思忖："一定还会有许多年轻人像他们一样，想上大学却付不起学费。我应该办一所大学，专门为这样的年轻人提供学习机会。"

在当时建一所大学大约需要150万美元，这谈何容易？于是，康威尔四处奔走，在各地作演讲。令康威尔深感悲伤的是，5年下来，却还未筹募到1000美元。见收效甚微，康威尔便将巡回演讲的事情先搁置了，花点时间想想接下来该怎么办。

一次，康威尔在教堂外面准备做礼拜的演说词。低头沉思的他，看到周围的草都枯黄了，便问园丁："为什么这些草长得不如别的教堂周围的草呢？"

　　园丁抬头望着牧师回答道："哦，我猜想您觉得这里的草不好，主要是因为您把它们和别处的草相比较。看来大部分人都如此，看到别人美丽的草地就希望那是自己的草地，却很少去打理自家的草地。"

　　园丁的话让康威尔恍然大悟，他开始重新撰写演讲稿。后来他用"钻石宝藏"的主题故事又继续了巡回演讲，7年后，他赚得800万美元，建立了一所大学，即今天的坦普尔大学。下面就是他的演讲概要。

　　有一个农夫拥有自己的一块土地，生活还不错。一天，他听说只要拥有一块钻石便可成为富翁。于是，农夫把地卖了，离家出走，去远方寻找钻石。农夫找了很多年，依然没有发现钻石，自己却一贫如洗了。最后，失去希望的农夫在海滩上自杀了。农夫永远也不会知道，发生在自己原来那块土地上的事情。那个买下农夫土地的人，无意中发现了一块异样的石头，晶光闪闪，反射出光芒，仔细查看，发现这是钻石。原来，这片土地下面就埋藏着许多钻石。

　　"不要总以为别人的土地才有钻石，要善于去发觉自己土地的价值。财富不一定要去远方才能找到，它属于相信自己能力的人，它需要你去努力挖掘自己拥有的东西。要相信钻石宝藏就在你自己身边！"这是康威尔演讲的结束语。

　　生活中很多人都会羡慕别人，认为别人拥有的东西就是比自己的好，却不会进一步思考为什么自己没那么厉害的问题，因为很多人不会努力去挖掘自己身边的宝藏。

黑人州长

有一群黑人孩子，生活在纽约一个叫大沙头的贫民窟里。他们喜欢调皮捣蛋，在学校里，经常旷课斗殴，甚至砸烂教室的玻璃。这让所有老师头疼不已。终于有一天，校长想出了一个办法。

从此，校长的课堂上多了一个特殊的环节：看手相。每堂课的前五分钟，校长都会为孩子们看手相，预测他们的未来。

当有一个孩子走向讲台伸出小手时，校长说："我一看你修长的小拇指就知道，你潜力无限，将来一定会成为纽约州的州长。"

"真的吗？"小孩几乎不敢相信自己的耳朵，因为他是班里最让老师们头疼的一个学生，学习最差，又最喜欢恶作剧。

"真的！"校长十分肯定地回答。

从此，这个孩子记下了校长的话，并且相信了它，"纽约州州长"就像一面旗帜，约束、鼓舞着他。他忽然觉得自己内心有了一股力量，生活变得不一样了。他的身上不再沾满泥土，说话不再夹杂污言秽语，他开始挺直腰杆走路，努力学习，勤奋向上。

在以后的四十多年里，他没有一天不按州长的身份要求自己。五十一岁那年，他真的成了州长，纽约第五十三任州长。他就是罗杰·罗尔斯——纽约历史上的第一位黑人州长。

小男孩天真地相信了校长的话，但正因为如此，他才能以此为目标，发挥出最大的潜力。很多时候，我们为何不相信他人鼓励的话语呢？要知道，人的潜力是无限的，我们应该相信那些催人奋进的话语。

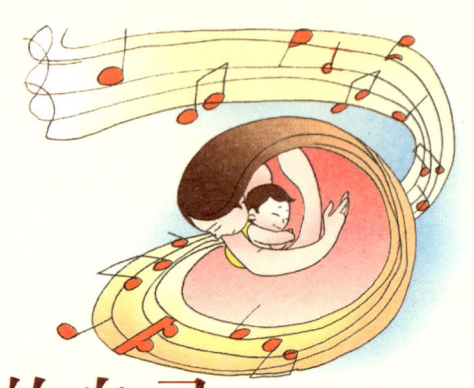

我能成为最好的自己

　　李开复先生曾担任微软中国研究院的院长，他十分关心年轻人的成长，曾给中国大学生写了7封公开信。在第三封信中，李开复引用了美国作家威廉·福克纳的一句名言："不要竭尽全力去和你的同僚竞争，你应该在乎的是：明天的你要比现在的你更强。"

　　李开复鼓励年轻人成为最好的自己，并认为要做到这点，最重要的是要发挥自己所有的潜力，追逐最感兴趣和最有激情的事情。如果你不主动去尝试新的领域，你就不会知道自己还能做成什么。在某次演讲中，他建议大学生给自己一些机会去展示某方面的能力，并讲述了自己的亲身经历。

　　多年前，李开复还在苹果公司工作。有一天，老板突然走过来问他："开复，你什么时候可以接替我的工作？"

　　"您在开玩笑吗？我觉得自己缺乏您那样的管理经验和能力。"李开复有点蒙了，说出了内心真实的想法。

　　不料老板却说："我建议你给自己一些机会展示这方面的能力，你会发现自己的潜力远远超出了自己的想象。记住一点，经验和能力是可以积累和培养的。我希望你在两年之后就可以做到。"

　　老板的话深深影响了李开复。因为有了这样的提示和鼓励，在后来的时间里，他开始有意识地加强自己在管理方面的学习和实践，结果他发现，自己的管理能力居然远远超出了自己的想象。就这样，两年之后，李开复真的接替了老板的工作。

对于没有尝试过的事情，很多人都会认为自己做不好，继而选择不去尝试。其实，生活中的我们，应该像李开复先生说的一样，给自己机会去尝试新的领域，这样才能激发自己的潜能。

你就是上帝

1974年，美国梅隆公司副总裁加里奇去南非开普敦视察分公司的工作。到达公司后的第二天早晨，他看见一个黑人小伙子跪在公司的院子里，双手合十，一脸虔诚。加里奇不解地问身边的工作人员："那位小伙子跪在那里干什么？"

工作人员笑着说："他是我们新雇佣的清洁工，每天早晨工作前，他都会以这种方式感谢上帝。"

等小伙子站起身后，加里奇走到他身边问："你是不是要一直坚持下去，每天感谢上帝呢？"

"当然啊！是上帝帮我找到了工作，让我有了饭吃，要知道在此之前我每天都为填饱肚子而发愁。如果我不感谢上帝，我害怕他会生气，让我失去这份工作。"小伙子认真地说。

"你安心一辈子当清洁工吗？"

"当然安心，有口饭吃我就满足了。再说，除此之外我还能做什么呢？"

思索片刻后，加里奇突然说："你知道大温特胡克山吗？"

"知道，那里常年积雪、人迹罕至。"

"我告诉你一个秘密，上帝每天都会去到那座山的山顶。我曾经去那里恳求上帝，请他给我一个成功的秘诀，上帝答应了。那时我是一个公园的清洁工，上帝的秘诀使我成为了副总裁。我建议你也去那里，请上帝赐给你一个成功的秘诀。"加里奇说得很认真。

"可是，现在的季节，是没人能爬上山顶的。"

"确实很困难，所以只有爬上山顶的人才能感动上帝，才能得到秘诀。你不愿意尝试一下吗？"

"好吧，就算得不到秘诀，只要能见到上帝，向他表示感谢，我也很乐意的。"小伙子十分质朴。

在加里奇的鼓励下，小伙子做好准备就出发了。多少次面对危险，他告诉自己一定要坚持，一定要去见上帝一面。历经千辛万苦，他终于登上了山顶。"上帝，您在哪里？您来了吗？"他千百次呼唤，上帝却始终没有出现。最后，他带着失望下了山。

"上帝根本没在山顶！先生，是你欺骗了我。"小伙子见到加里奇说道。

"小伙子，你很了不起呢！"加里奇拍了拍他的肩膀，"在这个季节，除了专业运动员，迄今没有人登上大温特胡克山，你是第一个！"

"这有什么意义，我又没见到上帝。"小伙子还是很失望。

"从来没人能见到上帝，我也没见过。小伙子，你都能创造奇迹了，还有什么做不到呢？当你站在山顶的那一刻，你不觉得自己就是上帝吗？"加里奇真诚地说道。

这些话对小伙子产生了巨大影响。20多年后，他成为了梅隆公司开普敦分公司的总经理——贝肯先生。

智慧小语
ZHIHUI XIAOYU

登上山顶的贝肯，最后成为了自己的上帝，但如果他不尝试登山，恐怕真的会当一辈子的清洁工。如果我们尽量去尝试做一些没有做过的事情，说不定我们也能成为自己的上帝！

不一般的明信片

在美国，摩西奶奶是众所周知的人物。她原本是弗吉尼亚州的一位农妇，76岁时因关节炎放弃农活，开始绘画。四年之后，她到纽约举办画展，引起轰动。尽管她76岁才开始画画，但她一生留下的画作却达1 600余幅，她在生命的最后一年——101岁的时候，还画了40多幅画。

2011年3月，在华盛顿国立女性艺术博物馆，有人组织举办了一次画展，其主题为"摩西奶奶在21世纪"。该展览不仅展出了摩西奶奶的画作，还陈列了一些来自世界各国有关摩西奶奶的私人收藏品。在这些收藏品中，一张首次公布于众的明信片吸引了大家的目光。

这张明信片是摩西奶奶1960年寄给一位年轻人的，上面有她画的一座谷仓以及她亲笔写的一段话：做你喜欢做的事吧，上帝会高兴地帮你打开成功之门，哪怕你现在已经80岁了。

这位年轻人是怎样的人呢？摩西奶奶为什么会寄这张明信片给他呢？

原来这个年轻人，从小就喜欢写作，可是大学毕业后，他却在一家整容

医院里工作，这让他感觉很不舒服。快到30岁的而立之年了，他很苦恼，想放弃那份令人讨厌的职业，去从事自己喜欢的写作行当，却又担心自己的生活没有保障。在他不知该如何抉择时，他写信给摩西奶奶诉说自己的苦闷。

据说，摩西奶奶对这封来自国外的信很感兴趣，因为在此之前，她收到的信件，要么尽是些恭维她的话，要么就是想向她索要绘画作品，根本没人像这位年轻人一样——谦虚地向她请教人生问题。收到这封信后，摩西奶奶非常高兴，立即回了信，尽管当时她已经是100岁高龄了。

人们异常关注这张明信片的原因，不仅是因为这背后的故事，更是因为它对收件人的影响。当年那位困惑的年轻人，现在已成为一位著名作家，他的作品受到人们的普遍欢迎，可见摩西奶奶的话对他激励很起作用。

讲解员每次向参观的人讲解这张明信片时，总喜欢附带说："你心里想做什么，就大胆地去做吧！跟着你的心走，不要犹豫，不要管年龄有多大，不要担心未来，因为你一直想做的那件事才是你真正的天赋所在，才是你生命的寄托和精神家园！"

ZHIHUI XIAOYU

如果你有一个爱好，如果它是你心中的梦，那么你尽管去做、去追逐吧，不要担心会被人嘲笑，不要担心是否能实现，因为当你在为它努力时，它也正在朝你走来。

"一无是处"的大仲马

有一位青年，很长一段时间失业在家，因为一无所长，总找不到合适的工作，以致过着穷困潦倒的生活，连他父亲都看不下去了。他父亲为他写了封介绍信，让他带上信去巴黎找自己的昔日好友帮忙。

这天，青年怀着殷切的希望来到巴黎，找到了父亲的那位好友，说明来意，请求对方帮自己找份谋生的差事。父亲的朋友很热情地接待了他。以下就是他们之间的对话：

"你的数学怎么样？精通吗？"父亲的朋友关切地问道。

"哦，一般，不怎么样。"青年很羞愧地答道。

"那法律呢？你懂法律吗？"长辈又问道。

青年依旧不好意思地摇了摇头。

"那你的历史怎么样，好不好？"对方的口气中满含期待。

青年的回答还是否定的。

……

对面的长者接连问了七八个"怎么样""懂不懂"，得到的却都是否定

的回答。青年也很尴尬，露出十分难堪的表情。

"那你就说说自己有什么优点吧。"父亲的朋友知道，再这样问下去也不会有什么让人满意的结果，只好换一种方式说。

"我……我也没有什么优点。"青年更加羞愧了。

"哦……那你先把自己的地址写下来吧，等有了差事我再通知你。"父亲的朋友轻轻叹了一口气，用安慰的口气对青年说。

青年写好地址后，把纸条交给长辈。

那位老人接过纸条，看完后十分惊喜："哇，你写的字很漂亮啊！你怎么说自己没什么优点呢？"

"这，这也算是优点？"青年将信将疑，但很快他就从对方的眼神中得到了肯定的答复。

"你不应该只满足于找一份糊口的工作，"父亲的朋友语重心长地说，"既然你可以把字写得这么漂亮，那你也一定能把文章写得漂亮；文章写得漂亮，你就可以写书；你把书写好了，你就能……"

顺着老人的指点，青年拓宽了自己的思路，也慢慢找到了目标。

多年之后，这位"一无所长"的青年果真由字到文章，由文章到文学书，写出了《三个火枪手》《基度山伯爵》《侠盗罗宾汉》等许多享誉世界的经典作品。他，就是文坛史上家喻户晓的法国大作家大仲马。

大仲马经人指点，发现了自己的优点，挖掘了自己的潜能。生活中的你我，是不是也不够了解自己呢？让我们用心去发现另一个自己吧，等你找到另一个自己时，你会感觉很惊奇。

小小推销员

有一个名叫洁斯妮的英国小姑娘。周末，一家人在一起闲聊着。

"洁斯妮，你的梦想是什么啊？"爸爸问道。

"哦，我一直梦想着我们一家三口能去美丽的澳洲，骑马奔驰在广阔的大草原上，我还要拍下好多好多漂亮的照片。"小姑娘一脸幸福地回答，仿佛她已经置身于那个美丽的地方。

"嗯，那一定很好玩，有机会我们就一起去啊。"爸爸的语气中有点惭愧，因为家里并不富有，他不能马上实现女儿的梦想。

洁斯妮很乖巧，她也知道家里的情况，所以她不再露出一脸憧憬的表情，而是对爸爸说："爸爸，现在去不成也没关系的，可以等我长大后再去嘛。"

爸爸用手摸摸洁斯妮的小脑袋，说："嗯，宝贝儿，我们一定会去的！"

不久后的一天，洁斯妮听说有一家公司招收七岁以上的儿童推销巧克力，谁推销得最多，就为谁实现一个合理的愿望。她立马跑回家告诉爸妈这

个消息，并拉着他们陪她一起去报名。报名时她很慎重地写下了自己的愿望。其他小朋友看到瘦小的洁斯妮，都在心里想：我肯定能超过她的。洁斯妮看出了他们眼里的轻视，知道他们认为自己不可能实现梦想，不过洁斯妮并没有因此而放弃。小姑娘的爸妈，也不指望她能成为推销第一名，只是看到她这么有激情，他们还是很支持她的行动。于是，妈妈帮她准备了一套合身的工作服，爸爸把她小时候坐的婴儿车改装成推销车。

第二天，洁斯妮起得很早，吃过早点，穿戴整齐，她就推着装满巧克力的车出门了。她挨家挨户地敲门，彬彬有礼地说："早上好，夫人（先生），我叫洁斯妮，今年八岁，我一直有个梦想，就是有一天能和爸爸妈妈一起去澳洲旅行，如果您能买下我的巧克力，我离我的梦想就会更近一点了，请您帮助我，我会感谢您的。"人们常常会被洁斯妮的真诚与执著所打动，因而买下她的巧克力。

日复一日，洁斯妮放弃了很多玩耍的时间，一直坚持着。一年后，公司郑重地宣布：洁斯妮是全英国推销巧克力最多的小朋友！牵着爸爸妈妈的手，洁斯妮好开心，她终于实现自己的梦想了。

智慧小语 ZHIHUI XIAOYU

洁斯妮用她的梦想导航，不但迸发出自己最大的激情，还感动了许多人，所以她最后成功实现了梦想。你我是不是也该用心中的梦激发自己的潜能呢？

别样的"风暴"

有一年，美国北方格外寒冷，大雪纷飞，电线上积满了冰雪，大跨度的电线常被积雪压断，严重影响通讯。过去，许多人试图解决这一问题，但都未能如愿以偿。现在又到冬天了，电讯公司又开始为这个问题发愁，于是，组织大家开了一场头脑风暴会议。下面就是会议上大家讨论的情况。

有人提出设计一种专用的电线清雪机；有人想到用电热来化解冰雪；也有人建议用振荡技术来清除积雪；还有人提出能否带上几把大扫帚，乘坐直升机去扫电线上的积雪。对于这种"坐飞机扫雪"的设想，尽管很多人心里觉得滑稽可笑，但在会上也无人提出批评。

不过，有一工程师在听到用飞机扫雪的想法后，大脑突然受到冲击，一种简单可行且高效率的清雪方法冒了出来，即"用直升机扇雪"。因为他想到，每当大雪过后，出动直升机沿积雪严重的电线飞行，依靠高速旋转的螺旋桨便可将电线上的积雪扇落。这个观点一经提出，马上又引起其他与会者的联想，不一会儿，有关用飞机除雪的主意就多了七八条。不到一小时，与会的10名技术人员共提出了90多条新设想。

会议结束后，公司组织专家对设想进行分类论证。专家们认为设计专用清雪机，采用电热或电磁振荡等方法清除电线上的积雪，在技术上虽然可行，但研制费用大，周期长，一时难以见效。那种因"坐飞机扫雪"激发出来的几个设想，倒是一种大胆的新方案，如果可行，将是一种既简单又高效的好办法。于是，立即用直升机进行现场试验，结果这种方法真的很管用。一个久悬未决的难题，终于在头脑风暴会中得到了巧妙的解决。

从上例可见，头脑风暴就是指，一群人围绕一个特定主题展开讨论，不断产生新观点的过程。其特点是，让参会者敞开思想，使各种设想在相互碰撞中激起脑海的创造性风暴。头脑风暴会议，实际上是一种创造能力的集体训练法。

智慧小语 ZHIHUI XIAOYU

与人交流，我们的思路才会更加开阔，才会不断地冒出新想法，这就是我们需要和他人交流的原因。有想法是激发潜能的第一步，不要再一个人苦思冥想了，现在就让我们刮起头脑风暴吧。

敌人的作用

　　在非洲大草原奥兰治河的两岸，生活着许多羚羊。一位动物学家对羚羊非常有兴趣，于是来到这里，对东西两岸的羚羊进行了研究。结果发现，东岸羚羊群的繁殖能力比西岸的强，奔跑速度也比西岸的要快，大约每分钟快出13米。对这些差别，这位动物学家感到很奇怪，因为两岸羚羊的生存环境和属类是相同的。

　　动物学家决定弄清楚是什么原因导致这么大的差别。于是他作了进一步的研究。在动物保护协会的协助下，他在东西两岸各捉了10只羚羊，在羚羊身上做好标记后，把它们送到对岸。过了一段时间再去调查这20只羚羊，他发现，从西岸运到东岸的10只羚羊只剩下3只了，其他都被狼吃掉了，而从东岸运到西岸的10只都活得非常好。

　　这位动物学家明白了：东岸的羚羊之所以强健，是因为在它们附近生活着一群狼；西岸羚羊之所以弱小，正是因为缺少这么一群天敌。狼群激发了东岸羚羊的生存潜能，使之变得更优秀。

智慧小语
ZHIHUI XIAOYU

常言道："生于忧患，死于安乐。"这个故事就是很好的例证。如果没有"敌人"，自己就会懈怠，能力也会慢慢退化，正是"敌人"使我们变得强大。竞争对手、挫折、不幸等等，都是我们的"敌人"。此外，还有最大的"敌人"——自己。

与命运抗争才是强者

　　"适者生存，不适者淘汰"是万事万物必须遵循的自然法则。怎样才能在这种残酷的竞争中立于不败之地呢？唯有与命运抗争，努力使命运朝着好的方面发展，生命才能绽放出五彩光芒。古今中外的杰出人物，自然界的生灵，都是如此。

存在命运吗？

　　甲和乙是大学时上下铺的兄弟，关系可以用"死党"来形容。有一次，他们在宿舍卧谈，聊到了关于"命运"的话题。

　　"哥们，你说这世界上到底有没有命运呢？这可是一直困扰我的问题啊。"甲问乙。

　　"我认为没有。我不相信什么命中注定，我只相信自己的能力，只要我努力付出，就可以获得自己想要的东西。"乙自信地回答。确实，乙从小到大都很积极，会努力争取想要的东西。

　　"哦，你倒很自信呢！"甲佩服地说道。

　　"就算有命运，你也可以努力使它朝着好的方面发展啊。"乙认真地说道，接着就用自己的成长经历来证明这点。

　　宿舍的其他人也聊起了自己的过去。卧谈让他们更加了解彼此，关系也更铁了。

　　时间飞逝，一转眼大家都毕业好几年了。一次偶然的机会，甲遇到了事业颇有成就的乙。兄弟久别重逢，他们非常高兴，聊起了各自的近况。不知不觉，他们再次谈到了"命运"，甲趁机问乙："现在你认为这个世界上有命运吗？"

"有!"乙不假思索地说道。

听到如此肯定的回答,甲吓了一跳,条件反射地问他:"大学的时候你不是不相信吗?怎么工作了几年,就完全改变看法了?"

"开玩笑,我还是老样子,不过我现在相信一定有命运存在。"乙很认真地说。

甲糊涂了:"如果真有命运存在的话,也就相当于一切都已注定了。既然如此,那你还奋斗什么?看你现在兢兢业业、努力奋斗的样子,可一点儿也不像信命的。"

乙笑了,拉过甲的手,说:"我来给你看看手相。"

接着,乙就给甲讲了一大通关于生命线、事业线、感情线的走势。讲完后,他突然使劲儿把甲的左手握成了拳头。

甲一愣:"这是什么意思?"

"你看,无论是哪条线,现在都在你自己的手心里了。"乙微笑着说。

如遇当头棒喝的甲,恍然大悟:"可不是,命运线全在我自己的手里,而且,一直都在!"

"你再看,"他稍微转了转甲的拳头说,"有一小部分线你还没有握住,它们就是我们生命当中那些不由自己把握的东西。而'奋斗'的意义就是,尽可能地握住那些能把握的事物,尽可能减少不能把握的东西。这跟我以前说的'努力使命运朝着好的方面发展'是一样的道理。"

甲终于明白,为什么年纪和自己一样大的乙现在就事业有成了。

"命运掌握在自己手中。"这句话是真是假,全看你是否相信。你相信它,你自然就会积极努力地使命运朝着好的方面发展,这句话也就会成为现实。你不去努力,这当然会是一句空谈。

与命运抗争才是强者

上帝创造万物时，不忘创造出一群鱼，还周到地把它们的身体造成光滑的流线型，以便它们游动时减少阻力，更好地在水里生存。待将它们放入大海后，上帝忽然想到一个问题：鱼的身体比重大于水的密度，如果鱼儿停止游动，它将沉向海底，到了一定深度必将因水的压力过大而死亡。于是，上帝又创造了一个法宝——鱼鳔，也就是一个可以由鱼自己控制的气囊。鱼可以通过增大或缩小气囊来调节沉浮，这样，鱼儿在海里就轻松自在了许多。

出乎意料的是，鲨鱼并没有来安装鱼鳔。鲨鱼一入海便消失不见，上帝费尽周折也没找到它，感叹道："这个调皮的家伙，既然找不到你，只好任你自在了，只是到最后可别怪我哦。"感叹之余，上帝也很悲伤，因为鲨鱼会由于缺少鱼鳔而沦为海洋中的弱者，最后被淘汰。

亿万年之后，上帝忽然想起自己当初放入海里的那群鱼，很想看看它们现在怎么样了，尤其是没有鱼鳔的鲨鱼到底怎样了，也许已经被消灭了吧。

于是，上帝将海里所有的鱼家族聚齐，却早已分辨不出哪些是当初的大鱼、小鱼、黑鱼、白鱼了，只好直接问："谁是当初的鲨鱼？"这时，一群威猛强壮、神气飞扬的鱼游上前来，它们就是海中霸王——鲨鱼。

上帝见状十分惊讶，心想，这怎么可能呢？当初，只有鲨鱼没有鱼鳔，它要比其他鱼儿承担更多压力和风险，为何现在却成了鱼类中的佼佼者——海洋霸主？

鲨鱼说："因为我们没有鱼鳔，压力无处不在，所以我们一刻也不能停止游动，否则就会沉入海底或被其他鱼吃掉，死无葬身之地。这亿万年来，我们从未停止过游动，没有停止过抗争，这就是我们的生存方式，可以说正是压力成就了今天的我们。"

ZHIHUI XIAOYU

面对命运开的玩笑，鲨鱼化压力为动力、不断抗争，最后才出现了貌似不可能的"奇迹"——称霸海洋。当你面对种种压力时，想想鲨鱼的故事吧，你会获得一种前进的力量。

聚焦"白点"

新学期伊始，老师觉得有必要让学生思考一下人生，于是决定给他们上一堂特别的课。

老师走进教室，拿出一张白纸，在中间画了一个大大的黑点，然后把纸拿起来让同学们看，问道："同学们，告诉我，你们看到了什么？"

全班同学盯着那张白纸，看了会儿，有点莫名其妙地齐声喊道："一个黑点啊，难道还有什么别的吗？"

"天哪，这么大一张白纸你们没看见，就只看见中间的这个黑点呀！"老师故作吃惊的样子说，"好吧，既然你们都只看见了黑点，那就看下去，你们盯着这个黑点3分钟，看看你们会发现什么。"

同学们一听，以为其中有什么奇妙之处，大家都饶有兴趣地盯着。

过了一会儿，老师问："现在，你们发现黑点有什么变化吗？"

"黑点好像变大了。"同学们带着疑惑的神色答道。

"没错！"老师点点头，"看不到光明，只看到人生黑暗的人，他的一生都将会是非常不幸的，因为倘若他把视线集中在黑点上，黑点就会越来越大，最后让他的整个世界全变成黑色。"

同学们都听呆了，整个教室里鸦雀无声。

这时候老师又拿出一张黑纸，在中间画了一个白点，然后问同学们看到了什么。大家

现在开窍了，异口同声地答道："一个白点。如果看下去，它也会变大的。"

"对！你们很棒！"老师立刻不失时机地大声叫好道，"倘若能在黑暗中看到光明，那么，在前面等着你们的必是无限美好的未来，而且一旦把视线聚焦在这个白点上，你们的世界早晚会全部光明起来！"

台下，响起了雷鸣般的掌声。同学们的脸上都露出了若有所思的表情。

ZHIHUI XIAOYU

如果你能在一片黑暗之中寻找到光明的"白点"，并专注于"白点"，那么未来就是无限美好。我们每个人都应该努力让自己的视线聚焦在"白点"上。

威武不能屈

　　哈罗公学是英国十分有名的私立学校，人们称之为"名门学校"，但是，在19世纪，哈罗校园里经常发生恃强凌弱、以大欺小的事情。

　　有一天，一个强壮的高个子男生，看到了一个瘦小的新生，便上前拦住他。

　　"嘿，小子，去帮我办点事。"高个子男生颐指气使地说道。

　　"你是我什么人啊？凭什么指使我帮你做事？"新生断然拒绝，因为他初来乍到，还不知道哈罗校园里有这种"历史"。

　　"你竟敢用这种语气跟我说话！"高个子恼羞成怒，一把揪住新生的领子，劈头盖脸地打起来，嘴里还骂骂咧咧，"你这个臭小子，为了让你聪明点，我要好好开导你！"

　　纵使被打得流血了，新生也不肯乞怜告饶。越来越多学生前来围观了，他们或者冷眼相看，或者起哄嬉笑，或者一走了之。只有一个外表文弱的男生，看着这一幕，眼里渐渐涌出了泪水，终于忍不住嚷起来："你想打死他吗？你到底还要打他几下才肯罢休！"

　　高个子循声望去，发现说话之人也是一个瘦弱的新生，便恶狠狠地骂道："你这个不知天高地厚的家伙，关你什么事？！"

瘦弱男生用含泪的眼睛盯着他，毫不畏惧地回答："不管你还要打他几下，让我替他忍受一半的拳头！"

高个子看着他的眼泪，听到这出人意料的回答，不禁羞愧地停住了手。

这件事传开以后，学校里有许多学生打出"反抗恶行暴力"的标语。随后越来越多人加入反抗的队伍，而且帮助弱者的善举也逐渐增多。这两个新生就此结下了深厚友谊，成为了莫逆之交。那位被殴打的少年，就是后来英国颇负盛名的政治家罗伯特·比尔；挺身而出、愿为陌生弱者分担痛苦的男生，则是世界著名的诗人拜伦。

正义终究会压倒邪恶，有骨气的人才能掌握自己的命运。面对恶行，如果你不敢反抗，那就会助长坏人的嚣张气焰。不论面对何种欺凌，"威武不能屈"才是我们应有的态度。

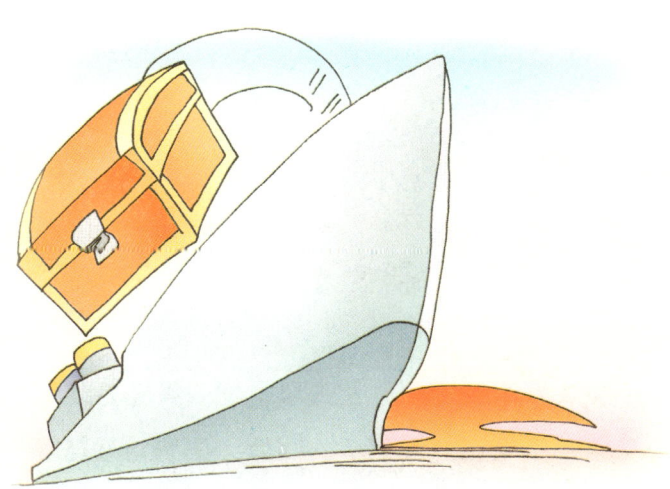

选择重生

　　一只小鹰在练习飞翔，偶然间，它飞到了一处悬崖顶上，看到了令它吃惊的一幕：一只老鹰在自己的巢前，满地都是血。

　　"天哪，老鹰前辈，您被袭击了吗？怎么到处是血？"小鹰急忙上前问道。

　　"没有，这些血是我自己拔指甲流出来的。"老鹰有气无力地说。

　　"拔指甲？您为什么要拔指甲呢？"小鹰不明白老鹰为什么要折磨自己。

　　"为了重生啊，孩子！"

　　"重生？"小鹰更加迷惑了。

　　"嗯。你还小，所以可能还不知道。我们鹰是鸟类中的长寿之王，寿命最长的鹰前辈可以活到70岁呢。可是，要想长寿并不容易，在40岁时，我们必须作一个十分艰难决定。"老鹰回答说。

　　"艰难的决定是什么？"小鹰十分急切地想知道答案。

　　"要么等死，要么更新自己。"老鹰严肃地回答道，继而解释说，"我们活到40岁时，爪子早已老化不再灵活，因而无法有效地抓住猎物；我们的喙也是又长又弯，几乎碰到胸膛，远不如从前那样尖锐；还有，因羽毛过于浓厚而变得十分沉重的翅膀，无法支撑我们自由地飞翔，所以40岁的时候，我们必须作出选择。"

"那您是选择了更新自己？"小鹰略带疑惑地问道。

"是的，我选择更新自己，尽管这需要经历一个150天漫长而又痛苦的过程。"老鹰很坚定地答道。

"啊？150天？那么久！"小鹰吃惊地问道。

"是啊！第一步，我们要很努力地飞到悬崖顶上，在那里筑巢，以保证自己的安全。第二步，要用自己的喙击打岩石，直到它们完全脱落，而后再静静等候新喙长出来。第三步，用新喙把老化的指甲一根一根地拔出来，再等待长出新的指甲。第四步，用新长出的指甲把羽毛全部拔掉，最后等待新羽毛长好就完成了自我更新的过程。这需要150天的历练，更新后的我们便会恢复原来勇猛无比的样子，这样就可以继续翱翔于蓝天了！"老鹰耐心地解释。

"哦，我明白了，40岁是上天给我们设置的一道坎儿，只要我们跨过了它，便可以获得新生，改变自己的命运！"小鹰觉得自己收获了许多。

老鹰微笑着点点头。

老鹰决心要跨过上天设置的坎儿，所以它选择了更新自我，最后获得了新生。与命运抗争当然是一个十分艰辛的过程，但只要我们跨过那一道道的坎儿，我们便可以看到更美好的未来！

苦难变成财富

　　有一个小男孩，出生在英国一个偏远的小镇。父母在他很小的时候就去世了，留下他和姐姐相依为命。姐姐知道自己的重任，于是小小年纪的她，去帮别人洗衣服、干家务，辛苦挣钱养家，好不容易才将弟弟抚育成人。

　　后来，姐姐出嫁了，姐夫将男孩撵到了舅舅家。舅妈更是刻薄，在男孩读书时，规定他每天只能吃一顿饭，还得收拾马厩和剪草坪。刚工作当学徒时，他根本租不起房子，将近一年多时间里，他只能躲在郊外一处废旧的仓库里睡觉……

　　这个历经苦难的男孩，就是日后著名的汽车商人——约翰·艾顿。

　　艾顿成为汽车商人后，常有机会参加一些成功人士的聚会。在一次聚会上，当那些堪称成功的实业家、明星们谈笑风生时，艾顿却向朋友丘吉尔聊起了自己的辛酸往事，这是他第一次向人提起。当时的丘吉尔还不是英国首相。

　　"以前怎么没有听你说过这些？"听完艾顿的讲述，丘吉尔惊讶地问道。

　　"有什么好说的呢？正在受苦或正在摆脱苦难的人是没有权利诉苦

的。"艾顿笑道，继续自己的感悟，"苦难变成财富是有条件的，这个条件就是，你战胜了苦难，并且远离苦难，不再经受苦难。只有在这时，苦难才是你值得骄傲的一笔人生财富，别人听着你的苦难时，也不觉得你是在诉苦，只会觉得你意志坚强、值得敬重。如果你还在苦难之中或没有摆脱苦难的纠缠，你说什么呢？在别人听来，无异于就是请求廉价的怜悯甚至乞讨，这个时候你能说你正在享受苦难，并从中锻炼了品质、学会了坚忍吗？别人只会觉得你是在玩精神胜利、自欺欺人罢了。"

艾顿的一席话，使丘吉尔重新修订了自己"热爱苦难"的信条。后来，丘吉尔在自传中这样写道：苦难，是财富还是屈辱？当你战胜了苦难时，它就是你的财富；可当苦难战胜了你时，它就是你的屈辱。

如何将苦难变成财富？如果你正在经受苦难的考验，你就没资格向别人诉苦，你只能默默努力，等你走出了苦难，那么，不用你诉说，别人自然会知道你的奋斗史。这就是生活。

极地"奇葩"

　　每年冬天，南极都会出现壮观的景象：成群结队的企鹅从南极大陆的北侧迁徙到更为寒冷的南部。它们要在南部的奥亚摩克完成繁衍后代的使命。为什么要去更寒冷的地方呢？因为只有在那荒凉而寒冷的不毛之地，它们才能够生育、抚养后代，这是它们的生存法则，是命运开的"玩笑"。

　　当母企鹅产下卵时，企鹅父母的命运就会更加悲惨：为了有足够的温度把蛋孵化出来，它们必须轮流把蛋放在自己的脚掌上，用羽毛盖住，然后一连几个月不吃不喝，以免寒风侵入自己未来儿女的温巢中。

　　有时候，饥饿至极的母企鹅会不顾一切地爬向海边补充食物，而正在孵化儿女的公企鹅则仍然饿着肚子。有很多小企鹅在出壳之时看不到妈妈，也有许多小企鹅未等到妈妈回来就饿死了。

　　尽管会有不少的小企鹅饿死或冻死，但不管怎样，当一批接一批的小企鹅出世时，南极的夏天已经悄悄到来了。那时，天气转暖、食物丰富，整个企鹅家族发展下去的希望越来越大了。

　　就这样，一年又一年，一代又一代，企鹅们始终毫不松懈地完成着自己的使命。虽然这是一个艰辛的过程，每次都会有企鹅在迁徙途中死亡，或是在奥亚摩克被饿死，但活下来的企鹅们仍然会在第二年冬天继续勇往直前。

或许，正是因为企鹅敢于挑战这种极度恶劣的环境，经受住了命运的考验，所以它们才能成为南极的主人，才能成为极地奇葩。

面对极端环境或重大挫折时，如果你觉得自己坚持不住了，或是闯不过去了，那就想想这些极地奇葩的境遇，告诉自己：一定能挺过去！你胜利了，你也就成为了一朵奇葩。

那又怎样？

　　1998年，刚满14岁的娜塔莉，参加了在马来西亚举行的英联邦运动会。她的参赛项目是女子800米自由泳。凭借自己的实力，她进入了决赛。次年，娜塔莉又杀入了太平洋运动会的800米自由泳决赛，因此她被公认为是南非游泳界的希望之星。然而不幸的是，正当这颗前途无量的游泳新星冉冉升起时，一场车祸却险些彻底断送了她的游泳生涯。

　　从医院里出来的时候，娜塔莉的左下肢被截去了三分之二，那条轻盈有力的左腿不见了，取而代之的是一个钛合金的圆盘。娜塔莉也曾为这个飞来横祸痛苦了一段时间，但过后她就明白了，这样自怨自艾只能徒添烦恼，再怎样痛苦都于事无补了。于是，还没等恢复到可以走路，她就自己跳进游泳池中训练，连她的父母都为她感到吃惊。

　　正当人们为这颗希望之星不幸陨落而惋惜时，娜塔莉开始重新参赛了。

　　2003年10月，非洲运动会女子800米自由泳决赛在尼日利亚阿布贾水上中心进行着。数千名观众围绕在游泳池周围，疯狂地为娜塔莉加油呐喊。当她的手指第一个触到池壁的时候，整个水上中心顿时像炸开了锅，欢呼声几乎可以把屋顶掀翻。

　　9分9秒66的成绩，娜塔莉一举夺得全非洲正常人级别的游泳大赛冠军。

这样一位坚强、美丽的女子，怎能不让人动容呢？当时，现场所有的观众都起立，将欢呼和掌声都献给了她。

事后记者采访娜塔莉问，她是如何走出阴影的。娜塔莉说："我热爱游泳。我当时就想，上帝夺走了我的左腿，那又怎样？我偏要证明给上帝看，没有左腿我也可以游得很好，所以我做到了。"

面对不幸，顽强地说句"那又怎样"，然后用行动证明自己。这更加彰显出娜塔莉的人格魅力！我们是不是也可以学习她的顽强呢？

蚂蚁的拯救

一名搞建筑设计的工程师，刚满30岁，却不幸查出身患绝症，医生说，此病随时可能引发中枢神经系统病变，并导致死亡。年仅4岁的儿子和年轻的妻子，还有年老的父母，工程师可能随时离开他们，面对这样残酷的事实，工程师绝望不已。为了减轻自己的痛苦，他唯一能做的，就是用文字记录下生命中的每一天，因为说不定哪天就成了自己的最后一天了。

工程师买来一个精致的日记本，在扉页工整地写下"生命苦旅"四个字。他用日记本记录自己每天的病症，想对亲人诉说的千言万语以及自己的感受。这些悲怆的文字载满了工程师对生活的留恋，对亲人的愧疚，对事业的遗憾……

记录过了两个月，工程师发觉，写日记并没有减轻悲伤，反而加剧了痛苦，因为日记中的文字每天都在提醒他经历着的残酷事实。工程师觉得世界抛弃了他。

一天，工程师突然回想起自己读大学时曾经有过一个梦想：绘制一个关于蚂蚁的童话故事！想到这里时，工程师撕毁了自己的"生命苦旅"日记本，拿起画笔开始了创作童话故事。不过，因为工程师之前没学过画画，所以一切都得从零开始。他穿梭于图书馆查阅资料，整天面对着一张白纸、一支铅笔和一块橡皮……

每当沉浸在这种创作状态中时，工程师忘记了自己的病痛。这个过程，持续了整整五年。五年后，工程师成功了，他的童话故事得到出版社的赞赏，终于顺利出版了。

有记者采访他，请他谈谈现在的感受。工程师说："五年前，当我患上不治之症时，我觉得这个世界抛弃了我，把我从人群中挤了出去；今天，虽然仍然时刻面临着死神的威胁，可是我觉得世界并没有抛弃我，因为它至少还给了我一个实现梦想的机会。我现在终于明白，当我们觉得世界抛弃自己时，其实是我们首先抛弃了世界，同时也抛弃了自己。"

不是世界抛弃了你，而是你抛弃了世界，最后抛弃了自己。无论如何，都不要放弃希望，如果真遇到了绝境，你就想"天无绝人之路"，总会看到雨后彩虹的。

最优秀的独腿人

　　麦吉22岁毕业于耶鲁大学戏剧学院，风华正茂，却因一场意外车祸而切去左腿。他没有绝望，他发誓要把自己锻炼成全世界最优秀的独腿人。

　　失去左腿后不到一年，麦吉开始练习跑步，常常参加10公里赛跑。随后又分别参加纽约和波士顿的马拉松比赛，成绩打破伤残人士的世界纪录，成为了跑得最快的独腿长跑运动员。

　　接着麦吉进军三项全能：游泳3.85公里、骑脚踏车180公里、跑42公里的马拉松。然而，不幸再次降临。1993年，麦吉在南加州的三项全能运动比赛中，骑着时速56公里的脚踏车，却被突然出现的货车撞到。后来他只记得群众尖叫，自己的身体飞越马路，一头撞在电灯柱上，颈椎"啪"的一声折断了，然后被人抬上了救护车。

　　麦吉接受紧急脊椎手术后，他的四肢因颈椎折断而失去功能，只保留了少量神经活动，四肢完全瘫痪了。那时麦吉才30岁。

　　当麦吉知道自己的情况后，不但没有绝望，反而有点激动，甚至认为自己很幸运，因为四肢尚有知觉，这意味着他有可能独立生活，而无需别人24小时照顾。

治疗过程无疑是痛苦的，无异于酷刑。医生先给麦吉安装头环：直接用螺钉将头环装在颅骨上，然后把头环的金属撑条连接到麦吉身体两侧的金属板上，以固定脊椎。安装时只能局部麻醉，当医生将螺钉拧进麦吉的前额时，麦吉痛得惨叫，差点昏死过去。护士给麦吉抽血时，需把导管插入膀胱，或者把头环的螺钉拧牢。每每此时，麦吉就痛不欲生，感觉自己没有自我、没有过去、没有未来，看不到希望。

两个月后拆了头环，麦吉被转移到科罗拉多州的一家复健中心。在那里，他才发现原来有很多人和他同病相怜——伤残、疼痛、失去活动能力、复健、耐心锻炼。因此，他又恢复了往日永不向命运低头的精神，告诉自己："你要拼命锻炼，不怕苦，不气馁，一定要离开这个鬼地方。"

接下来的几个月，麦吉变得斗志昂扬，取得很大的进步，可以自己洗澡、穿衣、吃饭，甚至还开过改装的车子。复健速度之快，出乎所有人预料，连医生都觉得不可思议。

颈椎折断6个月后，麦吉便重返社会。12个月之后，他在一次三项全能运动员大会上，发表了题为《坚忍不拔和人类精神力量》的演说，深得大家敬佩。

无论怎样努力，有些事实却无法改变：麦吉的手臂永远不可能再抬到高过头顶，而且他永远不能走路了。

面对这样的事实，有一段时间，麦吉也曾灰心丧气、破罐子破摔，一味地放纵自己。直到有一天，麦吉来到了自己曾经跑过马拉松的地方——阿里道，回想往日取得的辉煌，

感慨万千。他想了很多：是死去还是活着？我才33岁，还不想离开，往后该怎么走，继续沉沦吗？那一定完蛋了。于是，他试着从另一角度看待问题："也许我的遭遇并非坏事，而是上天给我的赏赐，让我有机会真正了解自己。"

从此，麦吉彻底改变了，坦然接受自己的"不幸遭遇"，从容地生活，还攻读了帕西非卡克研究所的神学博士学位。

智慧小语
ZHIHUI XIAOYU

麦吉在面对诸多不幸时，仍然不绝望、不放弃，以良好的心态从容生活，这才是人们敬佩的地方。在生活中，当我们遭遇各种挫折时，应该学习麦吉永不言弃的精神，不向困难低头，才能成为生活的主人。

先改变自己，再改变世界

"给我一个支点，我就能撬起整个地球。"阿基米德敢出此豪言壮语，是因为他是一个优秀的科学家，在他还没成为科学家之前，他肯定不会这么说。要想改变这个世界，我们就得先改变自己，使自己成为一匹千里马，变得足够优秀，才能影响周围的人，进而影响世界。

先改变自己，再改变世界

　　有一个男孩，从小十分贪玩，他的母亲常常为此忧心忡忡，再三教育他应该怎样怎样，然而男孩却把母亲的话当做耳边风。这样的情形一直持续到男孩16岁，那年秋季的一天，男孩正要去河边钓鱼，父亲将他拦住，并给他讲了下面的故事，正是这个故事改变了男孩的一生。

　　"昨天，"父亲说，"我和咱们的邻居杰克大叔清扫南边工厂的一个大烟囱。那烟囱只有踩着里边的钢筋踏梯才能上去。杰克在前面，我在后面，我们抓着扶手，一阶一阶往上爬，好不容易才爬了上去。清扫完烟囱后，我们下来时，杰克依然走在前面，我跟在他的后面。钻出烟囱后，我发现杰克的后背、脸上全都被烟囱里的灰尘蹭得乌黑，我以为自己也和他一样，脸脏得像个小丑，于是我就到附近的小河里洗了又洗。而你杰克大叔呢，他看见我钻出烟囱时干干净净的，就以为他也和我一样干净呢，于是他只草草洗了洗手，就大模大样得走上街了。结果，街上的人都笑痛了肚子，还以为杰克是个疯子呢。"

　　男孩听罢，忍不住和父亲一起哈哈大笑起来。父亲笑完了，郑重地对他说："其实，别人谁也不能作你的镜子，只有你自己才是自己的镜子。拿别人作镜子，白痴或许会把自己照成天才，那样不是太可笑了吗？"

男孩听了，顿时满脸羞愧。从此，他离开了那群顽皮的孩子们。

"只有你自己才是自己的镜子。"父亲的话时常在耳边响起，激励男孩用自己作镜子来审视和映照自己。最终，男孩映照出了生命的熠熠光辉。

这个男孩就是世界著名的物理学家——爱因斯坦。

用自己作镜子，时常审视自己，才知道自己有哪些不足，进而去改变。爱因斯坦的故事说明：只有先把自己变优秀了，你才可能改变这个世界。

"茶杯"的位置

　　有一位年轻人，一心一意想学画画，却一直找不到令自己满意的老师。于是，满怀失望的他千里迢迢来到法门寺，对住持释圆诉说自己的烦恼："住持，我一心学画，却为什么就不能找到一个满意的老师呢？"

　　"施主走南闯北十几年，真没能找到一个自己的老师吗？"释圆笑笑问道。

　　"他们很多人都是徒有虚名啊，我见过他们的画，有的画技甚至不如我呢！"年轻人深深叹了口气说。

　　释圆听了，淡淡一笑说："老僧虽然不懂绘画，但也颇爱收集一些名家精品。既然施主的画技不比那些名家逊色，就烦请施主为老僧留下一幅墨宝吧。"说着，便吩咐一个小和尚拿了笔、墨、纸、砚。

　　释圆说："老僧的最大嗜好，就是品茗饮茶，尤其喜爱那些造型流畅的古朴茶具。施主可否为我画一个茶杯和一个茶壶？"

　　年轻人听了，说："这还不容易？"于是调了一砚浓墨，铺开宣纸，寥寥数笔，就画出一个倾斜的水壶和一个造型典雅的茶杯。那水壶的壶嘴正徐徐吐出一脉茶水来，注入到了那茶杯中去。

"这幅画您满意吗？"画完后，年轻人问释圆。

释圆微微一笑，摇了摇头，说："你画得确实不错，只是把茶壶和茶杯放错位置了。应该是茶杯在上，茶壶在下呀。"

"大师为何如此糊涂，茶壶要往茶杯里注水，哪能是茶杯在上而茶壶在下呢？"

"原来你懂得这个道理啊！"释圆缓缓地说，"你渴望自己的杯子里能注入那些绘画高手的香茗，但你总把自己的杯子放得比那些茶壶还要高，香茗怎么能注入你的杯子里呢？你只有把自己放低了，才能吸纳别人的智慧和经验啊。"

年轻人思忖良久，终于恍然大悟。拜谢过大师之后，年轻人离开了法门寺，重新去寻找老师了。

茶壶和茶杯的高低位置不能放反，否则喝不到好茶啊！只有把自己"茶杯"的位置放低了，我们才能学习他人"茶壶"里的智慧，这也就是"虚心学习"的道理。

"丑鼻"变法宝

　　上帝在造大象的时候，一不小心把大象的鼻子拉得又大又长，使大象变得奇丑无比。上帝想，世界上已经有很多美丽的动物了，比如老虎、长颈鹿、天鹅、孔雀等，也应该有一些丑陋的动物才是，这样世界才变得丰富多彩。于是，上帝就懒得重新造一个鼻子给大象，决定让大象接受丑陋的事实。

　　大象刚开始不知道自己长得丑，它走到动物中间去活动，可是，其他动物见了它后都纷纷躲开，像是碰到了怪物。大象十分纳闷：自己这么温和善良，为什么大家都不愿意跟我玩呢？

　　大象只好闷闷不乐地独自待着，过了一会儿，觉得有点口渴了，它就去河边喝水。河水清如明镜，大象看到水中的自己，吓了一大跳："天哪，原来我长这么丑啊？难怪没谁愿意跟我玩了。"继而开始伤心起来，"上帝给别的动物创造的鼻子都很好，比例合适而且漂亮，却给我造了一个奇大奇丑的鼻子……"

　　哭泣了片刻，大象觉得伤心也没用了，还不如想想怎么利用这个大鼻子。正好自己不是想喝水嘛，于是它想试试鼻子能不能吸水。它站在河边上，把长长的鼻子往河中一伸，很容易就吸到河水了。大象很兴奋，因为别的动物喝不到水的地方，它可以用自己的长鼻喝到水。接着，大象还用长鼻子卷树枝，拔树干，作为自己的食物，由于鼻子又长又大，它能够弄到很高地方的树枝树叶，拔出十分粗壮的树木。丑鼻子给大象带来了数不清的好处，大象慢慢地喜欢自己的鼻子了。

由于大鼻子发挥了作用，大象可以吃到很多好东西；由于经常使用鼻子干活，大象得到了很好的锻炼，它的身体越来越强壮。亿万年之后，大象成为陆地上最为强大的动物，很少有动物挑战大象了。

某天，上帝忽然想起了大象和它的丑鼻子：当大象看到其他动物的鼻子都很漂亮时，它会不会认为自己不公平呢？上帝感到一丝内疚，于是重新造了一只好看的鼻子。上帝带上新鼻子，来到了动物们生活的领地。可是，当上帝找到大象时，却吃惊地发现大象不是原来的样子了，如果不是因为它特别的鼻子，自己恐怕还认不出它来呢。上帝看到，当初的小象变成了庞然大物，鼻子比原来更大更长了，看上去还挺协调的，而且显得很有力量。

上帝惊叹道："大象真是一个聪明的动物！它把自己的丑陋变成了一种力量，改变了自己的命运。丑鼻子已成为大象生存的法宝，看来我没有必要给它换新的鼻子了。"于是，上帝悄悄收起那只新鼻子，转身离开了。

无法改变上帝给的丑鼻子，那就好好利用它，大象因此变为强大的动物。这对我们也颇具启示：我们无法选择自己的出身，但我们可以改变自己的能力，让自己变强大、变优秀。

成为千里马

　　熊国宝是原国家男子羽毛球队队员，曾摘得世界冠军的桂冠。有一次，他接受记者采访，被记者问道："你能荣获世界冠军，最感谢哪位教练的培养？"一向寡言少语的熊国宝想了想，坦诚地回答说："如果真要感谢的话，我最感谢的是自己的培养，就是因为没有人看好我，我才有今天。"

　　事后，很多人去关注他的成长之路，才理解了他说的那句话。

　　熊国宝从小就长得很瘦弱。十三四岁时，他在市羽毛球训练班当"走读生"，只随队训练，不去训练班吃住。他的速度、耐力、素质各方面都比不过别人，他便加强训练，一节训练课80分钟下来，别人都已筋疲力尽，他却坚持再加10分钟、20分钟。1978年，"旁听生"熊国宝在训练班苦练三年后，进入了正规的省体校，半天读书，半天训练，三年后他进入省队。再后来，他进入了国家队，却只是个绿叶的角色。他沉默寡言，年龄又比最出色的选手稍大了一些，没有一点运动明星的架子，所以没人看好他。

　　熊国宝每天打球的时间都比别人长得多，因为他是好多队友的最佳练球对象。球拍线断了，他就换上一条线，鞋子烂了补一块橡胶，球衣破了就补一块补丁，零下十几度的冬天，依然早起练体力。

有一年，熊国宝参加世界大赛时，第一回合就遇到了强劲的对手。队友们都当他是陪衬，没有人在意他会不会打赢，没想到，他居然势如破竹，一路赢了下去，甚至赢了教练心中最有希望夺冠的队员，最终得到了世界冠军，一举成名。

知道了熊国宝的过去，人们纷纷感叹：纵使没有伯乐，也应把自己锻炼成一匹千里马！

假如没人看好你，那你更应该加倍努力，用实力证明自己！要想让别人对自己刮目相看，那我们就得好好培养自己，默默付出努力，成为一匹千里马！

走向生活

戴维·科宁斯是一名年轻记者，刚刚入职《西部报》才几个月的时间。某天早晨，他突然接到一个任务：采访埃莉诺·罗斯福。

当听到总编说出采访对象的名字时，科宁斯顿时傻眼了，那可是前总统富兰克林·D.罗斯福的夫人啊，人家不但与罗斯福总统共度春秋，还是一位独立、成功的伟大女性。总编竟然让自己这样一个毛头小伙去采访一位大人物，科宁斯觉得太不可思议了，同时也有点担心自己能否顺利完成采访任务。

作为一名记者，科宁斯明白，对自己而言，这既是挑战更是机遇。于是，他迅速跑进图书馆，搜集所有关于埃莉诺的资料，然后，把预备提的问题罗列在纸上，他要求自己尽量提出一些对方以前不曾回答过的问题。准备了3个小时，科宁斯终于胸有成竹了。

下午，当科宁斯走进采访间时，75岁的埃莉诺已经在那里等着他来采访了。刚刚坐定，简单问候之后，科宁斯首先提出一个自认为很特别的问题："夫人，您会晤过那么多人，请问您觉得其中哪一位最有趣呢？"

"科宁斯。"埃莉诺莞尔一笑回答道。

"什么？我？这怎么可能？您别开玩笑了。"科宁斯简直不敢相信自己的耳朵，险些从凳子上跌坐在地。

"为什么不可能呢？"罗斯福夫人又淡淡一笑，"跟一个陌生人会晤并建立一种关系，这难道不是最令人感兴趣的一部分吗？"

"呵呵，确实比较有趣。"科宁斯微笑点头。

罗斯福夫人继续侃侃而谈："我小时候很害羞，把自己封闭在一个小小的世界里，最严重时，遇到任何小事都会缩手缩脚。后来，我发觉这样不好，于是，我开始改变自己。我强迫自己走向生活，强迫自己欢迎他人进入我的世界。这样，我才体会到了广交新友是一件多么让人精神振奋的事情，因为新朋友让你有机会接触自己不曾接触过的东西，会带给你惊喜，生活也会因此而变得更有趣。"

总统夫人的这番话让科宁斯不再拘束，因此，整个采访过程中气氛都很好，轻松而愉快，这令科宁斯感动不已。一小时后采访圆满结束。

后来科宁斯回到报社，写了关于这次采访的报道稿，总编看完后，十分满意，将其发表了。结果，该篇稿子获得了全美学生新闻报道奖，科宁斯也因此成了轰动一时的名人。

在所有人都认为名气是科宁斯这次采访的最大收获时，科宁斯却否定了，他说最大的收获是一句话"广交新友，走向生活"。他从此把它作为自己的座右铭。

不要封闭自己，而要走向生活。如果你把自己封闭了，你就体会不到与人交际的乐趣，你就无法感受生活的丰富多彩，你就不知道天地之大、万物之美。

勤快狗和懒惰猫

有一户人家，很喜欢养宠物，于是分别养了一条狗、一只猫。

大家都知道狗是勤快的。每天，当主人家中无人时，狗便竖起两只耳朵巡视在主人家的周围，十分警惕，哪怕有一丁点的动静，狗也要狂吠着疾奔过去，兢兢业业地为主人看家护院。

可是，每当主人家有人时，他的精神便稍稍放松了，有时还会伏地沉睡。于是，在主人的眼里，这只狗是懒惰的，极不称职的，看不到它为家里做了什么，因此经常不喂饱它，更别提奖赏它好吃的了。

猫是懒惰的，每当家中无人时，它便伏地大睡，哪怕三五成群的老鼠在主人家中肆虐；睡好了，就到处散散步，活动身子骨。可是，当主人家中有人时，它的精神也养好了，这儿瞅瞅那儿望望，时不时地去仓库捉几只耗子，它还会去给主人舔舔脚、逗逗趣。在主人的眼中，这无疑是一只极勤快、极尽职守的猫。好吃的自然给了它。

由于猫的不尽职守，主人家的耗子越来越多。经常在白天出洞，损害家里的物品。终于有一天，耗子将主人家唯一值钱的家当咬坏了。主人震怒了。他召集家人说："你们看看，我们家的猫这样勤快，耗子还是猖狂到了这种地步，我认为这其中最重要的原因就是那只懒狗，它整天就知道睡觉，也不帮猫捉几只耗子。我郑重宣布，将狗赶出家门，再养一只猫。大家意见如何？"家人纷纷附和说："这只狗是够懒的，每天只知道睡觉。你看猫，每天多勤快，抓耗子吃得多胖，都有些走不动了。是该将狗赶走，再养一只猫。"

于是，狗一步一回头地被赶出了家门。它一直都不能明白，它被赶出这家的原因。它只看到，那只肥猫在它身后窃窃地轻蔑地笑着。

很多时候，勤奋的好习惯同样需要感染别人，让别人也处在你的勤奋状态中，与实际情况相结合，这样才能真正施展自己的才华。

用心倾听

乔伊·吉拉德是一名汽车销售员。他刚开始工作时，十分热情，但业绩却不怎么好，为此他很是纳闷。后来有一天，一位顾客说的话让他明白了自己的问题所在。

那次，吉拉德向这位顾客推荐一种新型车，他不停地介绍这款车子的性能、优点等等。在他的反复推荐下，顾客心动了，可是最后，顾客却又突然决定不买了。

这位顾客为什么突然变卦了呢？吉拉德百思不得其解。深夜，辗转反侧的他终于忍不住给那位顾客拨打了电话，向对方请教为什么他的推销没有成功。

"您好！我是下午向您推荐新车的那位汽车销售员。非常抱歉！我知道现在是晚上10点钟了，但我检讨了一晚上，还是想不出自己错在哪里，因此冒昧地打电话向您请教。"

"真的？你真的检讨自己了吗？"对方问。

"是真的。如果不是百思不得其解，我现在也不会冒昧打扰您了。"吉拉德真诚地说道。

"现在你在听我说话吗？"

"我在听。"

"可是，今天下午你并没有用心听我说话。就在签字之前，我提到我的儿子即将进入密歇根大学就读，我还跟你说了他的运动成绩和将来的抱负，我以他为荣，可你根本没听我说这些话！"

"对不起！"吉拉德当时确实没有注意听。从对方的语气中听得出来，他对吉拉德很不满意。

对方继续说："你只顾推销自己的汽车，根本不在乎我说什么，所以我不愿意从一个不尊重我的人手里买东西！"

"非常感谢您的宝贵意见！"吉拉德赶紧道谢。他这才恍然大悟，就因为自己没有注意听对方的谈话，所以丢失了一笔生意。

从此，吉拉德引以为戒，在销售过程中不仅自己要说，更要注意倾听顾客的讲话，尊重顾客，了解顾客的需求。经过几年努力，吉拉德最终成为美国排名第一的汽车销售员，有一年竟成功推销出1425辆汽车。

智慧小语
ZHIHUI XIAOYU

倾听是一种对诉说人的尊重，而生活中确实有不少人不懂得倾听别人。倾听，不仅仅是听对方讲话，更要能体会对方的感受。让我们都学会倾听他人的心声吧，用心倾听。

一封指责信

　　乔治·罗拉通晓多国语言，曾经当过几年律师。二战期间，他逃到瑞典，穷得一文不名，很需要找份工作谋生。他凭借自己的语言优势，写信给了一家进出口公司，信中表示他希望能够在该公司谋一份秘书工作。

　　这家公司的经理给乔治·罗拉回信了，经理在信中毫不客气地写道："你完全不了解我的生意，我根本不需要任何替我写信的秘书。还有，你甚至连瑞典文都写不好，信里全是错误。"

　　乔治·罗拉看到这封回信后，简直气得发疯。于是，他也写了一封信，想使那个经理也气得大发脾气。信写完后，正要贴邮票准备寄出时，他忽然停下来对自己说："我怎么知道他说的不对呢？我虽然学过瑞典文，但瑞典文并不是我的母语，也许我确实犯了很多自己不知道的错误。这个人可能帮了我一个大忙，虽然他本意并非如此。"

　　于是，乔治·罗拉撕掉了那封骂人的信，另外写了一封信："首先感谢您不嫌麻烦地给我回信，尤其是在您并不需要一位写信秘书的时候。对于我把贵公司业务弄错的事，我感到非常抱歉。我并不知道我的信上有很多文法上的错误，我觉得很惭愧，也很难过。我现在打算更加努力地学习瑞典文。

再次谢谢您！"

乔治·罗拉没有想到，几天后，自己又收到了回信，那位经理请自己去一趟公司。他去到公司，跟经理见面了。

"先生，您好！我是乔治·罗拉。"他首先自我介绍。

"你好！欢迎来的我们公司。对于我写给你的第一封回信，我想在此说声抱歉，我不该用那种语气的。"经理说道。

"哦，您别这么说。如果不是您那样说，我还不知道自己犯的错误呢。我是真心感谢您的。"乔治·罗拉真诚地说。

"呵呵，你能从自己身上找原因，这点很难得。这就是我让你今天过来的原因。我决定聘用你当我的秘书！"经理笑着说。

"啊？真的吗？那真是太好了！谢谢！"乔治·罗拉喜出望外。

面对经理毫不客气的指责，乔治·罗拉改变自己的态度后，不仅更加了解自己，还收获了一份工作。可见，凡事我们应该多从自身找原因，这样才能不断完善自己。

干好手中的活

　　艾伦出身贫寒，从六岁起他就过着半工半读的生活。艾伦的邻居有一个农场，需要人来捡拾晒干的牛粪饼，邻居问过许多孩子愿不愿意来干这份活，但他们都嫌脏而不肯做。后来，邻居问起了小艾伦，没想到艾伦很高兴地答应了。这是他的第一份工作，他很认真得对待。一段时间后，看到艾伦表现这么出色，邻居便又提供给他另外一份工作——喂马。为此艾伦还兴奋了好几天，因为他非常喜欢马儿。

　　为邻居工作的经历，让艾伦清楚地认识到：无论什么样的工作，只要做好了，就会有更好的机会等着自己。

　　靠着自己辛苦赚来的钱，艾伦顺利完成了小学和初中的学业。上高中时，他不再给邻居打工了，而是换了一份工作——在一家修鞋铺里给皮鞋上油。皮鞋脏兮兮、臭烘烘的，很多人看到就恶心，哪里还会在修鞋铺里工作，但是艾伦却干得一丝不苟，深得老板喜欢。艾伦做事十分细致，渐渐地，老板都离不开他了，觉得很难再找到像他这样出色的兼职工了，因此，艾伦的薪水也一涨再涨，最初是每周3美元，到艾伦高中毕业时，已经涨到了每周10美元。

大学毕业后，艾伦又不辞辛苦地当起了一家小报的记者，以挣取每周20美元生活费。在当记者的期间，艾伦学到了很多东西，也为他将来的发展奠定了基础。再后来，一位商界巨富偶然认识了艾伦，发现他十分认真负责，便以年薪150万美元为条件，聘请艾伦为首席执行官。

现在的艾伦，正担任《今日美国》的总编。也许你不知道，《今日美国》是美国当时发行量最大、读者群分布最广的报纸。

当有人问起艾伦成功的秘诀时，艾伦把自己的信条告诉了对方，那就是：如果你干的是一件恶心的活儿，那么认真干下去，而且尽量干好，你八成会得到提升，再也不用干那样的活儿了，这比当个无用的人胡混下去强多了。

ZHIHUI XIAOYU

纵使是不喜欢的事情也要认真地把它做好，生活中有多少人可以像艾伦一样？请收起你的骄傲吧，如果你连自己手中的活都干不好，你又怎么能做好更多的事情，又谈何进步呢？

美化自己的区域

　　一位客人在机场坐上一辆出租车，车内的装饰令他倍感惊讶。他看到，出租车地板上铺了羊毛地毯，地毯边上缀着鲜艳的花边，玻璃隔板上镶着名画的复制品，车窗一尘不染。于是，客人对司机说："我从没坐过这么漂亮的出租车！"

　　"谢谢你的夸奖。"司机笑着回答。

　　"你是怎么想到装饰你的出租车的？"客人问道。

　　"车不是我的，是公司的。"司机说，"多年前我还在公司做清洁工人时，每辆出租车晚上回来都像运垃圾的。地板上尽是烟蒂和垃圾，座位或车门把手上甚至有花生酱、口香糖之类的脏东西。我当时想，如果有一辆保持清洁的车给乘客坐，乘客也许会多为别人着想一点。"

　　"嗯，确实，坐在这样一辆干净漂亮的车上，谁都会注意保持卫生的。"客人点点头说。

　　"后来，我领到了出租车牌照，我就按自己的想法把车收拾成现在这样了。每位乘客下车后，我都要察看一下，一定替下一位乘客把车准备得十分整洁。我的出租车回公司时仍然一尘不染。"司机很自豪地说道。

"你真是一位令人尊敬的好司机！客人们一定非常喜欢乘坐这辆车。"客人由衷地感谢。

"呵呵，客人确实喜欢，他们也没让我失望，从开车到现在，车内没有一根烟蒂，也没有花生酱或冰淇淋甜筒，更没有一点垃圾。"司机欣慰地说，继而又发感慨，"先生，我觉得，人人都欣赏美的东西。如果每个人都把自己区域内的环境美化了，那我们的城市就会更加漂亮。"

"没错，这点我也认同。"客人点头，"我到了，真希望下次还搭你的车！"

司机笑了，因为他知道自己又成功地影响了一位乘客，乘客肯定会更加爱护环境的。

"爱护环境，人人有责"并不是一句空口号，司机用自己的言行实践着，并影响了乘客。这充分说明：要想改变别人，你就得先改变自己的行为，先美化你自己"区域"内的环境。

不要给自己的人生设限

美国作家迪帕克·乔普拉为了证明"人生没有极限",专门写了一本书叫《奇迹:你的人生没有极限》。生活中,很多人之所以感觉不自由,是因为他们在心中无意识地给自己设了限制,被困在一个"小房间"里而不自知。试着突破"极限",我们就能成为不平凡的人。

我的人生我做主

　　斯科特·汉弥尔顿从小被一对大学教授夫妇收养。他在2岁的时候，身体的健康状况开始越来越差，还停止长高了。经过专家会诊，才知道，他患的是一种罕见疾病，会阻碍消化和吸收食物中营养。医生很遗憾地告诉教授："很抱歉，我不得不跟您说实话，您的孩子最多能活6个月了。"

　　教授夫妇很悲伤，恳求医生尽力帮助他们的孩子。后来，通过静脉注射营养液，斯科特勉强恢复了一点体力，但他的生长发育依然受到抑制。幸运的是，斯科特超过了医生预设的生命期限，他9岁时出院了。

　　很多小孩都嘲笑斯科特为"花生豆"。他在心里计划该如何报复嘲笑他的人，同时也会梦想自己能在体育上取得成功，哪怕只是一点小小的成功也好。

　　有时，斯科特会随姐姐去滑冰场。虚弱瘦小、发育不良的他，鼻子里还插了一根直到胃里的鼻饲管，所以只能站在场外，看着姐姐在冰面上飞驰。

　　有一次，他突然转身对父母说："我也很想滑冰，让我试试吧？"

　　父母听闻吓了一大跳，难以置信地看着病弱的孩子，望着他的眼神又不忍让他失望，只好说："孩子，你想试就试吧。"

结果令人意外，他也可以。他因此而喜欢上了滑冰，开始狂热地练习。他从中找到了乐趣和自信，因为身高和体重在滑冰场上并不重要，而他也可以胜过别人。从此，他以"我的人生我做主"为自己的座右铭。

在他滑冰后第二年的康复检查中，他竟然又开始长个儿了，医生都觉得不可思议。虽然不可能达到正常身高，但是他和家人已经很高兴了，因为他正在恢复健康，正在朝梦想前进。

通过不断训练，斯科特成为了一名滑冰选手，从此，以前嘲笑他的小孩也不再戏弄他了，反而请他签名。

后来，虽然斯科特的身高只有1.59米，体重49公斤，但他在许多国际大赛中表现出色，还曾获得1984年的冬季奥运会男子花式滑冰金牌。

如果斯科特生活在别人给他设定的框框里，那他就不可能成为日后的奥运冠军。我们的人生要自己做主，多去尝试未知的东西，这样的人生才会绚丽多姿。

不要给自己的人生设限

在亚马孙热带丛林中生活着一种奇特的鸟，它是倒退着飞翔的，这种鸟叫蜂鸟。它的体形虽不大，但它的家族兴旺，如果全体出动，那将是一个庞大的阵容。

在很久以前，蜂鸟家族有一个规矩：任何时候都只准向前不准退后。如果有胆小的蜂鸟临阵退缩，就会遭到很多蜂鸟的围攻，最终被自己的同类啄死。那时，蜂鸟并不像如今的蜂鸟只吃蜂蜜，只要是它们想吃的东西，它们就一定能吃得到，整个热带丛林，几乎所有动物都遭到过蜂鸟的攻击，所以它们都害怕蜂鸟，蜂鸟因此而成为了亚马孙之王。

后来，一场大火改变了这种局面。那是一次森林失火，熊熊烈火在丛林中燃烧，占据了蜂鸟家族的大片领地，而蜂鸟天生敢于搏斗不怕牺牲，它们容不得比自己更厉害的东西存在，所以它们愤怒不已。在蜂鸟王的指挥下，蜂鸟们前赴后继地向烈火扑去。结果一群群地死在了烈火中，但蜂鸟们没有退缩，不断冲锋的结果却是，蜂鸟们死伤惨重。蜂鸟家族快要全军覆灭时，蜂鸟群中有一只蜂鸟动摇了，它试图往后退。蜂鸟王一眼就看见了这只临阵退缩的蜂鸟，于是，蜂鸟王狂怒地指挥其他蜂鸟向它扑去，但是，其他蜂鸟并没有像往常那样向这个背叛者扑去，反而有一小部分蜂鸟也跟着那只蜂鸟一起向后飞去。蜂鸟王更加愤怒了，却又无可奈何。最后，蜂鸟王和其他大部分蜂鸟成了大火的牺牲品。

那一小部分蜂鸟活了下来，并延续了蜂鸟的种族。后来的蜂鸟便一直倒退着飞翔，并且不再动辄攻击其他动物，它们变得性情温和，只吃蜂蜜。尽管它们势力变弱小了，但在那片丛林中仍有一片生存领地，它们与整个丛林的生灵同在。

你可以给自己立下规矩、设定目标，但千万不能像蜂鸟一样给自己的人生设限。当自己的生命都受到威胁时，你还死守着那个无用的规矩，那不是太可笑了吗？应该灵活变通才是！

你也可以不平凡

　　河北省廊坊市的一位普通妇女，在自己44岁那年下岗了，而丈夫也在一年前下了岗，儿子正在大学念书，家里一下没了经济支柱，这是一个沉重的打击。然而，这位妇女没有被残酷的现实打倒，她咽下了所有的眼泪和痛苦，她发誓自己一定要继续支撑起这个家。

　　于是，这位坚强的妇女在街上摆了个摊，开始卖起早餐来。她每天5点不到就得起床，收拾一下就出去卖早餐。摆摊以后，她的胆子仿佛一下子变大了。以前在单位，大会上领导点名要她发言，她面红耳赤，说话结结巴巴，惹得哄堂大笑。而现在，她的嗓门一下子亮起来，对着街上来来往往的人高喊："油条，油条，新出锅的油条！""八宝粥，又卫生又营养的八宝粥啦！"有些时候，她还会编些新词，吸引行人的注意，所以生意不错。邻近摊位的摊主都说她是做生意的料，根本不像一位新手。第一个月，她粗略结算了一下，赚了2 300多元钱，整整比下岗前的工资多出了1 000多元，她显得兴奋异常。虽然比以前累了些，但她却很高兴，心里豁亮了起来。

　　渐渐地，生意越来越好，她一个人忙不过来，便说服骑三轮车拉客的丈夫跟她一块儿出摊卖饭。丈夫爽快地答应了。夫妻俩同心协力，开始了新的人生旅程。

他们先是卖粥和油条，后来租了门面卖饺子和小吃，再后来开了面食加工厂。8年时间，她吃过多少苦头，遇到多少挫折，旁人不能体会其中的艰辛，只有她自己知道。上天是公平的，付出会得到回报，最后她成功了，她从一位下岗女工成为了有着800多万资产的民营企业的厂长，被当地政府评为"再就业明星""市三八红旗手"。

在廊坊市，说起她的故事，市民们都会竖起大拇指。她就是姜桂芝。在接受记者采访时，姜桂芝这位很朴素的女强人说了这样一段话："我实在想不到我的今天会是这么好。以前我总觉得自己很平庸，做什么都不成，在单位混口饭吃就满足了。可是下岗后，我反倒变精神了，充满了斗志，觉得自己可以做很多事情。做了很多事情后，慢慢地才发现，原来自己也可以干一番事业，也可以不平凡。如果不是下岗，恐怕我就浑浑噩噩过一辈子了。"

智慧小语
ZHIHUI XIAOYU

为什么有的人平凡甚至平庸，而有的人却那么与众不同？因为前者满足于现状，而后者不断进取，所以他们的人生才会不同。只要我们敢想、敢做，我们也可以不平凡！

天下第一的店小二

明朝万历年间，皇帝决定整修万里长城，以抵抗北方女真的侵扰。

当时的山海关，因为年久失修，上面的题字"天下第一关"中的"一"字，已经脱落多时。万历皇帝希望恢复山海关的本来面貌，于是下旨募集全国各地书法名家。

各地名士闻讯，纷纷前来挥毫，但是依旧没有一人的字能够表达天下第一关的原味。于是，皇帝再次公告天下，只要能够中选的，就能够获得最高奖赏。经过严格的筛选，最后中选的，竟是山海关旁一家客栈的店小二，真是令人大跌眼镜。

在题字当天，道路拥挤不堪，人山人海，题字现场被围得水泄不通，官家也早就备妥了笔墨纸砚。只见店小二抬头看着山海关的牌楼，舍弃了狼毫大笔不用，拿起一块抹布往砚台里一沾，大喝一声，立刻出现了绝妙的"一"字，十分干净利落。旁观者莫不给予惊叹的掌声，甚至有人认为他简直就是王羲之再世。

于是有人好奇地问道："为什么您能恢复'一'字的神韵呢？是不是有什么成功秘诀？"

店小二被问之后，久久无法回答。后来才勉强答道："其实，我想不出有什么秘诀，我只是在这里当了三十多年的店小二，每当我在擦桌子时，我就望着牌楼上的'一'字，一挥一擦就这样而已。"

原来这位店小二的工作地点，正好面对山海关的城门。每当他弯下腰，拿起抹布清理桌上的油污时，刚好这个视角正对准"天下第一关"的"一"字。因此，他不由自主地天天看、天天擦，数十年如一日，久而久之，就熟能生巧、巧而精通了。这就是他能够把这个"一"字临摹得炉火纯青、惟妙惟肖的原因。

这位店小二因为这个"一"字，而获得了重赏，不用再当店小二了。

当你把某件事情做到极致时，你也就突破了原来的自己，到达了人生的另一种境界，就像故事中的店小二。在没有选择余地时，你可以努力做到极致，之后就会有选择余地。

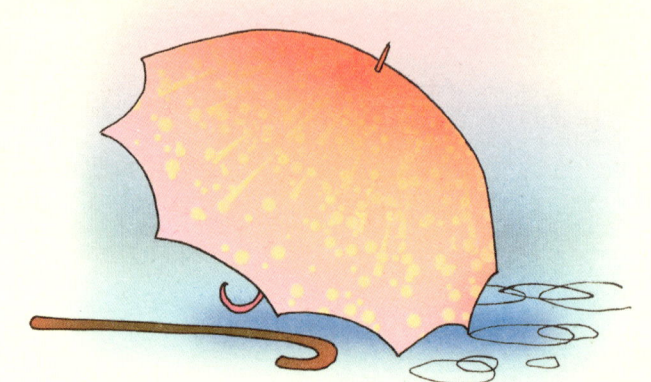

动力源泉

有一个老人，不仅功成名就，而且身体硬朗、耳聪目明，谁见了都不相信他是100岁的老人。他确实100岁了，现在正在过生日呢，子孙们济济一堂，热热闹闹地为他祝寿。

他的一个孙子问："爷爷，您这一辈子，在那么多领域都取得了很高的的成就，您最得意的是哪一件呢？"

老人想了想说："是要我做的下一件事情。"

另一个孙子问："那么，您最高兴的一天是哪一天呢？"

老人回答："明天，因为明天我就要着手新的工作，这对于我来说是最高兴的事。"

这时，老人的一个重孙子，虽然还三十岁不到，但已是名闻天下的大作家了，站起来问："那么，老爷爷，最令你感到骄傲的子孙是哪一个呢？"他想着老人肯定会宣布自己的名字。

没想到老人竟说："我对你们每个人都很满意，但要说让我感到最骄傲的人，到目前为止还没有一个。"

这个重孙的脸陡然红了，他心有不甘地问："您这一辈子，没有做成一件感到最得意的事情，没有过一天最高兴的日子，也没有一个令您最满意的子孙，您这一百年不是白活了吗？"

此言一出，立即遭到了几个叔叔的训斥。老人却哈哈大笑起来："我的孩子，我来讲一个故事。一个在沙漠里迷途的人，就剩下半瓶水，但他没有立即喝掉，每当口渴难耐时，他便拿出那个瓶子，只是小心地抿一点水润润嘴唇，整整五天，他一直没舍得喝一口，后来，他终于走出大沙漠。现在，我问你，如果他当天喝完那瓶水的话，他还能走出大沙漠吗？"

"不能！"老人的子孙们异口同声地回答。

"为什么呢？"老人问。

"因为他会丧失希望和欲念，他的生命很快就会枯竭。"他的重孙子作家说。

这时，老人语重心长地说："你既然明白这个道理，为什么不能明白我刚才的回答呢？如果我满足于已有的成就，就相当于给自己设了一个无法跨越的屏障在前面，就不会再有前进的动力，也就不能超越自我了。希望，正是我们不断向前的动力源泉。"

很多人不再进取的原因，就是因为他们在心里不自觉地给自己设了屏障。当你取得的一些成绩时，你不能骄傲自满，而要想着下一次会更好，这样你才能不断超越自己。

别困在"房间"

　　琼斯刚刚大学毕业，想当一名记者。他看到当地的《明星报》正好需要记者，于是前去应聘，面试很成功，他如愿地当上了记者。

　　一天，琼斯的上司交给他一个任务：采访大法官布兰代斯。

　　第一次接到这么重要的任务，琼斯没有欣喜若狂，反而愁眉苦脸。他想：自己任职的报纸又不是当地的一流大报，自己也只是一个刚刚出道、名不见经传的小记者，大法官布兰代斯怎么会接受他的采访呢？

　　同事史蒂芬获悉他的苦恼后，拍拍他的肩膀，说道："我很理解你。这就好比你躲在一间阴暗的房间里，然后想象外面的阳光多么的炽烈，而你却不敢走出房间。"

　　说完，史蒂芬拿起琼斯桌上的电话，查询布兰代斯的办公室电话。很快，史蒂芬与大法官的秘书接上了号。然后，史蒂芬直截了当地说："我是《明星报》新闻部记者琼斯，我奉命采访法官，不知他什么时候方便接见我呢？"听到史蒂芬这样直接，旁边的琼斯吓了一跳。

史蒂芬一边通着电话，一边向目瞪口呆的琼斯扮了个鬼脸。接着，琼斯听到了他的答话："谢谢你！明天中午1点15分，我准时到。"

"你瞧，勇敢走出黑暗的'房间'，直接向人家说出你的想法，这不是很简单的事吗？"史蒂芬向琼斯扬扬话筒，"明天中午1点15分，别忘了你的采访啊。"

一直在旁边看着整个过程的琼斯面色放缓，若有所思。

多年以后，琼斯已成为了《明星报》的台柱记者。回顾此事，琼斯仍觉得刻骨铭心："从那时起，我就不再把自己困在'房间'，而是勇敢跨出门，采用单刀直入的办法。虽然这样做起来不容易，但却很有用。第一次克服了心中的畏怯，下一次就更容易了。"

许多人都会像最初的琼斯一样，在还没有做某事之前，就想着做不成这件事，先把自己困在了黑暗的"房间"里。我们应该学习史蒂芬教的方法，先勇敢跨出门。

请拓宽"窄道"

大伟是一家公司的人事主管。现在他又在帮公司招聘人才。

大伟看到了一位本科生的简历后，对本科生很感兴趣，在心里给他打了70分。为了更深入地了解这位应聘者，大伟开始问问题了。

"你喜欢这份工作吗？"伟很随意地问他。

他犹豫了一下说："我会慢慢喜欢上这份工作的。"

大伟皱了皱眉头，追问道："这么说，这份工作对你来说并不是太理想？"

他点了点头说："没办法，我学的专业有点冷门，就业面太窄，不容易找到对口的工作。您知道，学非所用是一件令人痛苦的事。"

大伟心想：你这是拿我们公司作跳板呀，一旦有了理想的工作你就马上跳槽。于是，大伟想放弃他了。大伟转念一想，从他的简历中看出他来自一个极贫困的山区，能走到今天也实属不易，所以大伟决定再给青年一个机会。

"你不一定要找跟你专业对口的工作啊，干吗要把自己限定在本专业呢？"大伟开导他。

"可是，如果不从事跟本专业相关的工作，那大学四年不就白学了吗？"青年有点固执。

"知识是绝不会白学的。"大伟不想再浪费唇舌解释了。他决定考验一下青年的主动性，于是不动声色地说道："你先回去好吗？一周内我们会作出决定，你可以打电话来问结果。"

"哦，好吧。"那个青年站起来，向门口走去，他认为自己肯定是没希望了。

大伟见青年竟没向自己要电话号码，有些失望。当他快要走出门去时，大伟终于忍不住叫住他，把电话号码抄给他说："你可以打这个电话，我随时都在。"大伟想：只要他打电话来，我就录用他。

那个青年接过纸条说了声谢谢，就将纸条塞进口袋，看都没看，然后转身默默地走了。

青年果然没有打电话过来，大伟在心里感叹道："年轻人，不是就业面太窄，而是你把自己限定在一条窄道上了。"

智慧小语
ZHIHUI XIAOYU

找工作如此，那么学习、生活中的你是不是也会不自觉地把自己限定在"窄道"上呢？尽快走出"窄道"吧，多接触一些不一样的东西，说不定你就"无意插柳柳成荫"哩！

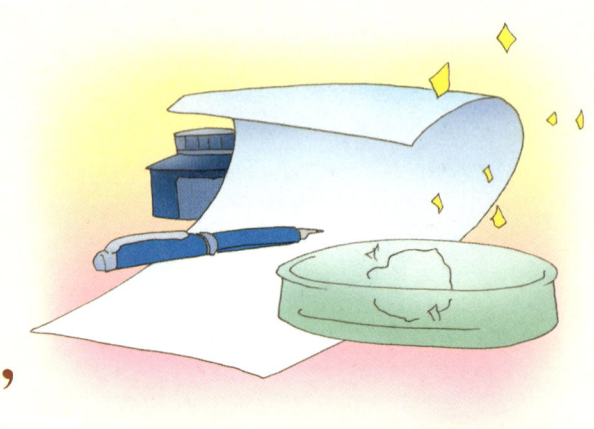

质疑"禁令"

　　某天，一家公司的总经理突然宣布了一条奇怪的规定：员工不得进入保安科旁边的那个房间。他没给出解释，员工也没有问为什么，大家都认为这条规定与自己毫无关系。此后也没有人违反这条"禁令"。

　　5个月后，公司招聘了一批新员工。在全体员工大会上，总经理重申了上述"禁令"。这时，一个新来的年轻人在下面小声嘀咕了一句："为什么？"总经理听到后并没有因为这位新员工的不礼貌而恼怒，只是满脸严肃地答道："没有为什么！不准进就是不准进！"

　　回到岗位上，那个新员工还在思考着总经理为什么要这样做。同事都劝他："听领导的，总是没错！你只管干好自己的那份差事，别的就不要瞎操心了。"年轻人的倔脾气上来了，还在琢磨："那个房间里到底有什么东西这么见不得人？我非要把事情弄个水落石出不可。"于是他决定冒着被炒鱿鱼的危险，去那个房间一探究竟。

　　第二天中午，年轻人趁其他同事还在休息时，悄悄来到那个房间前，轻轻地敲了敲那扇门，没有反应。他不甘心，轻轻推了一下门，才发现门是虚掩着的，他进去了。房间里只有一张陈旧的桌子，再没有其他摆设。他来到桌旁，看到桌上积满了灰尘，还有一个信封。他拿起信封，吹掉灰尘，发现信封上写着几个醒目的大字：请速将信封转交给总经理。

年轻人似乎明白了什么，于是他拿着信封走出房间，乘电梯直奔10楼总经理办公室。当他用双手把信封递给总经理时，期待已久的总经理一脸笑意地宣布："从现在起，你被任命为推销部经理助理。"

其他新员工见年轻人刚来就成为经理助理，还以为年轻人是靠关系才得到这个职位，所以会在背后对他指指点点。年轻人并不理会这些流言蜚语，而是用心工作，不断开拓进取，把销售部的工作搞得红红火火，于是不久后他被提为销售部经理。

年轻人成为销售部经理后，总经理才向众人解释："这位年轻人不为条条框框所束缚，敢于对上司的话问个'为什么'，并勇于冒着风险走进某些'禁区'，这种开拓精神正是一个成功者应具备的良好素质。事实证明，我没有看错这个年轻人。"

对于总经理的一番话，全体员工无话可说，只能在心里感叹：当初自己为什么不试图去打破这个毫无理由的"禁令"呢？

年轻人敢于打破毫无理由的"禁令"，不被别人束缚自己的言行，最后才能取得成功。对于各种不合理的"限制"，我们是无条件地服从呢，还是敢于去质疑呢？

无法动摇的决定

炎热的夏天，烈日当头，有只长得很漂亮的雄鸽子正在一棵古老的橄榄树上歇息，它看到乌龟也爬到树下乘凉，看见乌龟那缓慢爬行的速度，鸽子突然想起一件事情来。

"嘿，乌龟老兄。"鸽子打了声招呼。

乌龟左顾右盼，都没发现周围有动物，于是问道："你是谁呀？你在哪里？"

"哈哈，上面，上面！抬头看上面。"鸽子笑道。

乌龟费力地扬起头，向上仰望："哦，是你啊，鸽子老弟。"

"最近大家都在讨论一件喜事，你有没有听说啊？"鸽子故作神秘地说道。

"哦，是吗？看来我真是孤陋寡闻了，什么喜事啊？"

"不是吧？你真的不知道啊？狮王二十八世就要结婚了，它邀请所有的动物都去参加婚礼。"鸽子作出十分夸张的惊讶表情，继而说道，"不过也对，大家看你走路的速度太慢了，所以才没有告诉你吧！"鸽子就快忍不住要笑出声来了。

"既然所有的动物都去，那我是动物，我也要去！"乌龟认真地说道。

"啥？我没听错吧？你也要去？哈哈哈！"鸽子这次大声笑了。

乌龟不理会鸽子，独自上路了。在途中，它碰见了蜘蛛、壁虎，还有一大群乌鸦。它们看到乌龟后，先是发愣，然后嘲笑说："乌龟呀乌龟，婚礼马上就要举行了，可你爬得这么慢，你能赶上吗？等你爬到那儿时，别说婚宴早已结束，洞房也已闹完，甚至小狮子也出生了，而且说不定小狮子都可以举行婚礼了。你啊，听我们一句劝，你还是趁自己没有走太远赶紧回去吧！"说完，它们都哄笑起来，继续赶自己的路。

乌龟不以为然，执意前行。

许多年后，乌龟终于爬到了狮王洞口。只见到处张灯结彩，各类动物也几乎应有尽有。这时，快活的小金丝猴告诉它说："今天是狮王二十九世的婚礼，我们都来喝喜酒了！"

"哇，那太好了，还好当初我没有听其他动物的规劝，不然我就永远也无法参加狮王的婚礼了。"乌龟高兴地说道。

智慧小语
ZHIHUI XIAOYU

乌龟没有受其他动物的干扰，而是坚持了自己的意愿，最后才没有一再错过婚礼。我们从中得到启示：当自己作了决定后，就不要再让别人动摇它，否则跟"受制于人"没有区别。

科学的柱子

  300多年前，英国温泽市政府找到一个名叫克里斯托·莱伊恩的建筑设计师，让他设计市政府的大厅。莱伊恩不辱使命，运用工程力学的知识，依据自己多年的实践，巧妙地设计出了只用一根柱子支撑的大厅天花板。一年以后，市政府权威人士进行工程验收时，却说用一根柱子支撑天花板太危险，要求设计师再多加几根柱子。

  莱伊恩拒绝接受工程验收者的建议，因为他相信自己的设计，一根坚固的柱子足以保证大厅安全，为此他还给出了相关的实例来证明自己的见解。没想到，莱伊恩的坚持惹恼了市政府的官员，他险些被送上法庭。

  设计师为此非常苦恼：坚持自己原先的主张吧，政府官员肯定会另找他人修改设计；不坚持吧，就等于屈服于权势、践踏科学，这有悖于自己的原则。他矛盾了很长一段时间。某天他又在想："加柱子还是不加呢？加？不加？"突然他喜上眉梢："他们不就是要加几根柱子嘛，那我加上就是了！"他的这条妙计是：在大厅里增加了四根柱子，不过它们并未与天花板接触。

  300多年过去了，市政府的官员换了一届又一届，但始终没有人发现这个秘密。直到某一年，市政府准备修缮大厅的天花板时，才发现了莱伊恩当年的"弄虚作假"。

这个消息传出后，世界各地的建筑专家和游客云集，他们把这根柱子称为"科学的柱子"，把市政大厅称作是"嘲笑无知的建筑"。当地政府对此也不加掩饰，还特意将大厅作为一个旅游景点对外开放，旨在引导人们崇尚和相信科学、坚持真理。

真理是建立在科学的基础之上的，莱伊恩没有让权势阻挡自己对真理的坚持，所以才赢得了世人的尊敬。生活中的我们，也不应被"无知"所困住。

永远有一颗热忱的心

　　什么是热忱？帮助别人是热忱，关爱家人是热忱，执著于梦想是热忱，但最重要的是，对生活永远保持热忱。只有不失对生活的热忱之心，你才能对梦想保持热度，你才会对家人热忱，才会进一步去帮助别人，传递正能量。最后，你才能感受到生活的美好！

区别对待的结果

哈佛大学心理学教授罗森塔尔曾做了一个有名的实验：小白鼠走迷宫。

教授将一群小白鼠分成三组，分别配给A、B、C三组实验人员。然后，教授分别跟三组人员说了一些话。

教授对A组人员说："你们很幸运，因为配给你们的小白鼠是三组中最好的。这些小白鼠是由几位教授精心挑选并且经过训练的，它们血统高贵而且非常聪明。你们一定要好好对待它们，努力使它们发挥出最好水平。"

教授转向B组说："你们的运气可就一般了，这些小白鼠只是相当普通的一组。它们的血统很普通，智力也一般般。你们用惯常的方法训练它们就可以了。"

"哎呀，你们的运气最不济了，这组小白鼠简直糟糕透顶。它们血统低劣，智力很糟，跟白痴没什么两样。随便你们用什么方式训练它们，反正它们本质已经这样无可救药了。"教授用悲伤的语气对C组人员说。

三组实验人员听完这些话，就开始各自训练自己的小白鼠。

这些小白鼠经过了一个月的训练后，教授便对它们分别进行测试，实验结果如下：A组小白鼠都走出了迷宫，所花时间比专家们预计的时间更短；B组小白鼠只有一半走出了迷宫，而且所用时间比专家预计的稍长一些；C组呢，只有两只成功走出迷宫，而且所用时间太长太长了。

实验人员看到结果，都在心里想：A组小白鼠果然是最聪明的，B组一般，C组太糟糕了。

这时教授说话了："其实，这三组小白鼠根本没有什么血统和智力的区别，它们都是普通的白鼠，我随机把它们分成了三组而已。"

顿时，所有实验人员都瞠目结舌。他们回想起自己对待这些小白鼠的态度：A组人员非常珍爱自己的白鼠，认为它们是"智力超常"的小家伙，所以十分悉心地照顾它们，并用最积极、难度最大的方法进行训练，甚至还会定期和它们进行"语言交流"；B组人员对待实验对象则像对待普通动物一样，训练方式也很普通；而C组人员则叹息自己的运气不好，竟然摊上这些蠢笨的东西，恰巧训练过程中，这些白鼠又不听指挥、没有纪律性等等表现恶劣，C组人员更加确信它们确实"愚蠢无比"，所以他们常常打骂这些可怜的小白鼠，有时还不给喂食，以此来惩罚它们。

罗森塔尔教授的实验结果表明：即便智力相差无几，被对待的方式不同，结果也会截然不同。人们把这个现象称为"罗森塔尔效应"。

罗森塔尔效应给人启示：心理暗示十分重要，当你拥有一个积极的心态时，你周围的事物也会朝着积极的方向发展，反之亦然。我们应该经常给自己和他人一些积极暗示，坚持下来就一定会有意想不到的收获。

永远有一颗热忱的心

亚当夫人非常喜爱自己的儿子杰克，但是老天却让一场车祸夺去了杰克的生命。这位母亲悲恸不已，身心遭受巨大打击。人死不能复生，她只好把儿子葬在郊外最好的墓园中，然后给守墓人一大笔钱并说："我的身体很不好，恐怕以后不能常来，所以麻烦您每周买一束花放在我儿子的墓碑前。"守墓人答应了。

几年之后，守墓人又一次见到了这位母亲。可以看出，她的身体状况非常糟糕，因为她要靠司机搀扶着下车。她抱了一大束花来到儿子的墓前："亲爱的孩子，我很高兴，因为不久后我就能见到你了，不用再忍受思念之苦了。你知道吗？自从你离开以后，妈妈感到万念俱灰，生活不再具有任何乐趣和意义。昨天，戴维医生告诉我，我已经活不了多长时间了。听到这个消息，我反而感觉很开心，因为我活着既没用又没意思，还不如死了干脆。最起码，我死了能再见到你，我亲爱的杰克！"

"夫人，您不觉得这是一种浪费吗？"站在亚当夫人身后的守墓人指着鲜花说。

"你说什么？？？"夫人几乎是用一种吼的语气。她转过身来，守墓人可以看到她脸上几乎怒不可遏的表情。

"您把鲜花放在这里，它们没几天就干了，没人看得到花儿的美丽，也没人闻得到花香。可您要是拿去别处就不一样了，"尽管知道亚当夫人很愤怒，守墓人还是说出了心里话，"我经常去福利院、孤儿院，每次我带花儿过去送给老人或孤儿时，他们都会露出灿烂的笑容，他们很喜欢这些美丽的鲜花。请恕我直言，只有活人才需要花，才会因为有花而感到开心，给死人送花有什么意义呢！"

听到这些句话，亚当夫人十分震惊，愣了几分钟后，她在司机的搀扶下离开了。

看到老妇人一声不吭地离去，守墓人开始自责起来："哎呀，我干吗非要惹恼一位深爱着儿子、自己又不久于人世的老太太呢？看她那形容枯槁的样子，我应该劝慰她才对啊。"

几个月后，守墓人又看到了这位亚当夫人，不过让他惊讶的是，夫人的气色看上去很好，面色红润、精神矍铄，而且还是独自一人驾车来看望儿子。她捧着一大束花下了车，守墓人以为她又要把花放到儿子的墓前，不料她却来到自己面前。

"这些花儿送给你，谢谢你上次直率的提醒！回家后我买了花儿去孤儿院，那些孩子们果然非常喜欢花儿，他们围着我转，又蹦又跳，我也感到很快乐。我发现自己活着还是有些价值的，重新找回了对生活的热忱。你看，现在我的病几乎都好了，这都要谢谢你！"

听到亚当夫人的变化，守墓人欣慰地笑了。

亚当夫人找回了那颗对生活热忱的心，因此才恢复了生机、容光焕发。我们也应保持一颗对生活热忱的心，乐于帮助他人，在带给他人快乐的同时，我们自己也会快乐无比。

对梦想保持热度

迪斯尼从小就是个调皮机灵的男孩。他兴趣广泛，尤其喜欢绘画，每次老师布置的绘画作业，他都能出色完成。

有一次，美术老师给学生们布置的家庭作业是画一盆花。想象力丰富的迪斯尼，画了一幅颇具创意的画。他把花朵画成了人脸，并赋予各种不同的表情，而花朵下面的叶子则被他画成了人手，最下面的花盆是一把小椅子。这样，整幅画看上去既像是一盆花，又像是一群坐在椅子上手舞足蹈的小孩子。

然而，美术老师不懂得欣赏迪斯尼心中的美妙世界，他看到迪斯尼的作品后大为生气，认为这简直是胡闹，当众把这幅画撕得粉碎。当迪斯尼抗议时，老师更是狠狠训斥了他一顿。

委屈的迪斯尼回到家里后，把这件事告诉了父亲。听完了迪斯尼的诉说，父亲对他说："孩子，不能主宰自己的人，终生都会是一个奴隶。"当时，年龄尚小的迪斯尼不能理解这句话的深意，但他隐约地感觉到父亲是支持自己的，所以他仍然保持着这种天马行空的想象力，保持着对绘画的热忱。

第一次世界大战开始了，已经成年的迪斯尼报名当了一名志愿兵。在那段日子里，他一有闲暇就会画一些漫画。战友们看到他的画后，都鼓励他投稿给幽默杂志。在战友的鼓励下，迪斯尼陆续寄出自己的作品，遗憾的是，没有一家杂志社欣赏他的漫画，所有稿件都被退了回来。这种令人难堪的"碰壁事件"一直延续到一战结束后的很长一段时间。迪斯尼在某家广告公司任职时，公司竟以"缺乏绘画能力"为由将他辞退了。

1923年10月，求职屡屡碰壁的迪斯尼深感无奈，于是决定与哥哥罗伊一起创办"迪斯尼兄弟制片厂"。刚开始，公司设在好莱坞一家房地产公司后院的废弃仓库里，他们兄弟俩在这里度过了最艰难的岁月，也正是在这里创作了米老鼠和唐老鸭，这两个卡通形象一出来，便迅速享誉了全世界。此后的数年中，迪斯尼因这两个形象而获得了27项奥斯卡金像奖，成为了世界上荣获该奖项最多的人。

即使遭受别人的一再否定，迪斯尼也不减自己对绘画的热忱，才会有最后的成功。生活中的许多人却往往是三分钟热度，少有人像迪斯尼一样对梦想保持热度。

我相信你

阿强小学时成绩就一直不好，数学尤其差劲。一年级时，他数学考不及格，数学老师把他的母亲请去了学校。

"妈妈，老师是不是骂我了？"看到母亲回来，阿强怯生生地问。

"当然没有啊，"母亲温柔地说，并用温暖的手握住他的小手，"老师说你进步了呢，还说相信你下次一定能取得更大的进步。"

结果，阿强下一次真的考及格了。也许63分在别人眼里不算什么，但对于他来说，却是很难得的进步。

小学毕业后，因为害怕考不上，阿强始终不敢去学校看榜。母亲看完榜单后回到家，满脸欢喜地抱住儿子："孩子，你考得很好，简直就是超水平发挥。妈妈相信，你中考时一定可以考出更好的成绩！"其实，阿强并没有超常发挥，只是考上一所很普通的中学。但妈妈给他的信心，让他充满力量，3年之后的中考，他考取了一所不错的高中，并且总成绩排全班第十名，这可是他上学以来成绩排名最靠前的一次。

高一期末考试后，母亲再一次被老师叫去了学校。回来时，她高兴地告诉阿强："阿强，老师说你很有潜力呢，他相信你一定能考上清华！"其实她的包里装着一份阿强考全班倒数第七的成绩单。

公布高考成绩的那天，全村的人都沸腾了，当初那个笨小孩奇迹般得考上了清华大学！

母亲十分激动："恭喜你，阿强，我的好孩子！妈妈相信你，以后会走得更远，一定能考到国外去深造！"

"谢谢您，妈妈！我知道自己不是天资聪颖的孩子，但是因为一路有你欣赏我、相信我，我的人生才有了这丰富色彩。"阿强眼眶湿了，他伸出双手拥抱母亲。他一直记得那个夏天看海的经历。

那是七年级的暑假，母亲带阿强去海边。他们一起坐在沙滩上，母亲指着海边的鸟对他说："你看那些在海边争食的鸟儿，每当海浪打来时，小灰雀总能迅速起飞，而海鸥却显得十分笨拙，但是，最后真正能飞越大海的，却是海鸥。妈妈相信你，一定可以飞越大海到达彼岸！"

每当自己心灰意冷、心情低落时，亲朋好友的那句"我相信你"总会格外温暖人心。人人都希望别人对自己说这句话，那么朋友，你有没有想过，亲友也需要你对他们说："我相信你！"

用爱浇灌出的人生

　　有一个小男孩十分悲观，甚至认为自己是世界上最不幸的人。在他很小的时候，脊髓灰质炎使得他不能正常走路，并且上半身也受到一些影响。稍大一点，奶牙脱落后，他新生的牙齿又参差不齐、向外突出，显得非常难看。男孩知道自己腿脚不便又长相不佳，因此形成了沉默而忧郁的性格，从来不和同学玩耍，连老师提问，他都不想回答。

　　某年春天，父亲拿了些树苗回家。他把孩子们都叫到跟前，给每人分了一棵树苗，并让他们把树苗栽在院子里，好好浇灌，还说谁的树苗长势最好就给谁买礼物。

　　孩子们一听有礼物，立刻满心欢喜得去栽树，只有小男孩动作慢吞吞，脸上也没有兄妹们那样的笑容。虽然他也很想得到礼物，可是一看到健康活泼、自由自在的兄妹们，他就觉得很悲伤：干脆让这棵小树早点死掉吧，反正我也没有力气照顾它，它最后也只会跟我一样——毫无生机！因此，除了刚栽上时浇过一两次水之外，男孩就再也没管它，他已经在心里放弃了小树苗。

　　一个月之后，出乎男孩意料的是，与兄妹的小树相比，自己的那棵树居然更加生机勃勃、绿意盎然。为了兑现自己的诺言，父亲给小男孩买了件他最想要的礼物。还夸奖他说，从他栽的这棵树来看，他一定能成为一名优秀的植物学家。

从此以后，小男孩渐渐地打开了心门，不再那么沉默忧伤，而是逐渐变得乐观、积极起来。

一天晚上，失眠的小男孩忽然想起生物课上老师说的话：植物一般都在晚上生长。于是，他从床上爬了起来，想去看看自己的小树是怎么生长的。当他一瘸一拐地来到院子里时，却看到了一个身影在自己的小树前，原来是父亲！他一下子呆住了，不再出声，默默地注视着：父亲正在用勺子给小树浇灌着什么。难怪自己的小树苗会长得那么好！小男孩感动地落泪了。

多年后，这位残疾小男孩虽然没能成为一位植物学家，却成了美国第三十二任总统——富兰克林·D.罗斯福。

智慧小语
ZHIHUI XIAOYU

父亲浇灌的不仅仅是那棵小树苗，更是在用爱浇灌着富兰克林幼小而脆弱的心灵。生活中不缺少爱，缺少的是一颗感受爱的心，身为儿女的我们，是否能感受到父母的爱呢？我们又是否以同样的爱回馈他们呢？

最好的礼物

节日快乐

　　雷蒙是一家旅游公司的老总，他总是为工作忙碌，很少能抽出时间来陪陪家人。

　　女儿莎莉7岁的生日快到了，妻子为她准备了一个"成长派对"，并要求雷蒙必须参加这个派对。不巧，那天雷蒙要前往纽约参加一个不能错过的谈判，他查询了返回航班，正好有一班飞机能够赶在派对之前回来，于是，他订了往返机票。

　　到了那天，谈判很顺利，成交了一笔大单，雷蒙为此兴奋不已。可是当他赶到机场时，才发现飞机晚点，他试着订另一班飞机，未能成功，看来自己无法按时到家参加派对了，雷蒙有点失落。候机时，百无聊赖的他拨通了办公室的电话，告诉搭档弗兰克说："会面很成功，我们有了一笔大单。可惜的是，我不能及时参加女儿的生日派对了。"

　　晚上9点多钟，雷蒙才满身疲惫地回到家里。刚推开门，他便看到了大厅里一束摇摆的气球，上面贴着一条粉红色的纸带："对不起，亲爱的莎莉，我迟到了，但是我很爱你。爸爸。"

　　雷蒙不自觉地微笑起来，他知道这肯定弗兰克的主意。

　　这时，莎莉突然大声说："爸爸，我和妈妈也很爱你！"兴奋的她和容光焕发的妈妈从餐桌后面站了出来。

"生日快乐，宝贝儿！"雷蒙送给女儿一个迟到的祝福。

"雷蒙，这张生日贺卡真有趣，我都不敢相信这是你让人送来的。"妻子感动地都快掉眼泪了。

"这……这其实都是弗兰克的主意。"雷蒙差点说出来了，但他不忍心给心爱的妻子和女儿泼冷水，所以最终忍住了没说。他心里真的很惭愧——这些本该自己送给女儿的温暖话语，却是由别人代劳了。

雷蒙抱着女儿，手指摩挲着那张纸条，心里忽然意识到，给女儿最好的礼物就是分些时间陪她。于是，有一个想法出现在他脑海里。

第二天，雷蒙到了公司后，便召集全公司所有的人，宣布："从今天开始，公司的制度将有些小小的变动，工作周期是从星期一到星期四，工作时间是从上午九点到下午五点，最迟到五点半。好好享受你们的生活吧，亲爱的伙伴们！"

这时，所有人都露出惊讶的表情，一副难以置信的样子。雷蒙接着说了下去："我的休息日也会跟大家一样，并且休息的时候我不接任何有关工作的电话。"员工终于相信这是真的了，所有人都欢呼了起来。

一丝微笑在雷蒙的嘴角荡开，他想着，妻子和女儿也一定会高兴地欢呼起来。

很多人为了生活把自己忙得团团转，他们忘了自己该分些时间给家人。还在学校的你，总不至于这么忙吧？学会关心你的父母，关心你的亲人，这就是你送给他们最好的礼物。

"慷慨"的回报

身心疲惫的士兵艾克，好不容易从战场回到了家里，却没能感受到家人重聚的幸福快乐，因为他母亲杰妮的肾脏出了问题，不得不送往附近的医院治疗。医生告诉艾克："你母亲病得很重，需要立即输血，否则可能活不到明天。"麻烦的是，所有的家庭成员都被验过血了，但是没有一个人的血液能与杰妮的AB型血液相配，更不幸的是，医院既没有血库，也没有飞机去空运一些血液。所有人都束手无策了。

艾克只能把悲痛放在心底，含泪离开了医院。他去召集所有的亲人，希望他们每个人都跟母亲见上最后一面。那时候，战争刚刚结束，在美国的每一条公路上，随处可见穿着军服的士兵要求搭别人的便车回家和亲人团聚的景象。

当艾克驾车行驶在公路上时，一个士兵拦住了他，请求艾克允许自己搭个便车回家。极度悲伤的艾克根本没心情做好事，正准备拒绝时，又突然想起自己当初期盼回家团聚的迫切心情。于是，艾克让那个陌生人上了车。

心情沉重的艾克只是木木地开着车，没有理会身旁的士兵。过了一会儿，士兵感觉到了气氛的异样，向艾克看去，发现他眼里含着泪。

"喂，老兄，你还好吧？遇到什么麻烦了吗？说说看，或许我可以帮你也不一定。"士兵关切地问道。

"我母亲正在医院里，需要输血，但目前，医生无法找到与她相匹配的血型。如果在夜幕降临之前还是找不到适合的血型，她就会离开人世。"艾克含着眼泪说。

"这真是令人悲伤的事情。"士兵也变得沉重起来，突然想起或许自己的血型可以匹配，于是问道："你母亲是什么血型？"

"AB型。"

一时间，汽车里变得异常安静，士兵把手伸到了艾克的眼前。他的手中握着一枚身份识别牌，这是战争时期间挂在士兵脖子上用来识别士兵身份的。士兵的牌子上标明的血型是AB型。

"事不宜迟，快，掉头去医院！"士兵说道。

最后，艾克的母亲得救了。

艾克慷慨地让士兵搭便车，他母亲因此而得救，正所谓"助人助己"。在他人需要关爱的时候，我们千万不要吝惜自己的爱心，举手之劳就可以让别人快乐，我们何乐而不为呢？

热忱有度

有一个独臂乞丐，好几天没吃东西了。蓬头垢面的他来到一家庭院面前，正向女主人乞讨："请您给我一点水和面包吧。"

"那你就帮我把这堆砖搬到屋后去吧。"看到他右袖子空荡荡的，女主人想了想，忽然指着门旁的一堆砖说。

"我只有一只手，您还忍心让我干活？"乞丐有点生气。

"除非你不想要水和面包。"女主人不客气地说。

没办法，乞丐只好用左手，一块一块地把砖搬到屋后去。

等乞丐搬完，女主人微笑着把一大块面包和水递给了他："你看，你不是可以凭自己的力气挣吃饭嘛！"

听到这句话，乞丐愣住了，几分钟后，他才接过面包和水转身离开。

10年之后，这个庭院的女主人迎来了一位似曾相识的陌生客人。他是一名中年男子，西装革履、面容英俊、气度不凡，唯一遗憾的是，少了一条右臂。

"您还记得我吗？10年前，我曾是一个乞丐向您讨过饭。"男人向女主人提起往事。

"哦，是你啊。那你今天前来有什么事吗？"女主人想起来了。

"我是特意过来感谢您的。现在，我已经是一家公司的老总了，而我能有这样的成就，全是因为您当年的那句话。我今天要送您一套房子，以表谢意。"中年男人说。

"我有房子住，我不需要你的房子。"女主人拒绝道。

"可是，您于我有恩，我一定得回报您，所以我恳请您务必收下这套房子。"中年男人言辞恳切。

"你的好意我心领了。我真的不需要房子，我们全家人都可以自己养活自己。如果你非要送，我建议你把它送给两只手臂都失去的人吧。"女主人平静地答道。

中年男子更加感动了，后来他果然把房子送给了更需要的人。

帮助别人也需要掌握一个度，顾及别人的尊严。如果对方还有能力做某事，你就不要过度热忱了，否则就是剥夺他的权利，会让他有失尊严。

留有余香

　　有一位商人从外地出差回家，半路上，他隐隐约约地闻到了一股香气。他很好奇怎会有香气飘来，于是，他顺着香味寻找，最后发现，原来香源是一堆泥土。喜出望外的商人，用袋子小心翼翼地把泥土装好，把它带回了家。

　　回到家，商人把泥土盛在一只空花盆里，放进房间。过了几天，他的屋子就充满了香味。精明的商人突然想到："既然这盆泥土会散发香气，我何不利用它来做生意呢？"于是，他就宣传说自己有一盆散发香味的神奇泥土，一时间，前来参观的人络绎不绝，商人因此挣了不少参观费。每当别人问起泥土为何会这么香时，商人都只能耸肩表示不知道。问的次数多了，商人也有点不耐烦了。

　　一天晚上，商人久久注视着这盆"仙土"，忍不住说道："你到底是什么东西呢？你长得很像泥土。"

　　"我本来就是泥土！"泥土突然开口说道。

　　泥土竟然会说话，商人更加确信这不是一般的泥土了，立刻问道："那你是一种稀有的香料土？还是一种价值不菲的泥料？难道，你是来自未知国度的泥土状珍宝？"

"都不是。我都说了，我就是泥土！"花盆里的泥土郑重其事地说道。

"你真的只是普通的泥土？那你为什么会这么香呢？"商人大惑不解地。

"哦，那是因为我跟玫瑰花是朋友，曾经在玫瑰园里和她朝夕相处过很长一段时间，所以我身上也有她的香气。"泥土打了个呵欠说道。

听闻此言，商人若有所思。第二天早上，他就去花市买了很多玫瑰花的种子回来，撒了些种子在那盆"仙土"里，将剩下的种子好好栽种在庭院里。

依然有许多人慕名前来参观泥土，但商人已不收参观费了。玫瑰花开时，如果有参观的客人想要玫瑰，商人就会赠给他一枝玫瑰花。所有的玫瑰花都赠送完了，商人的庭院依然充满了芬芳，因此商人乐意当个赠花人。而那些收了花朵的"游客"，也会把自己的纪念品回馈给商人。

"赠人玫瑰，手有余香"便是由此而来。你把好东西拿出来分享，别人也会与你分享他的好东西。独乐乐不如众乐乐，何不试着与他人分享你的"玫瑰"呢？

传递正能量

　　多克是一个积极乐观的邮递员，他认为邮差是一份很有意义的工作，因此他十分热爱自己的工作。他不仅恪尽职守，还喜欢做一些职责以外的事情，他始终把"向人们传递快乐"当作自己的使命。他的口袋里总是装着许多小纸条，上面都是一些鼓励性的话语，像"今天是美好的一天""要笑口常开""别再烦恼"之类的。当他把信件和电报送到收件人手中时，会同时给他们一张小纸条，而收件人也会露出灿烂的笑容。

　　第二次世界大战期间，多克因为年龄太大而没有进入部队，但他自己到野战医院做了一名志愿者，协助医院救死扶伤。

　　有一天，他突发奇想，在医院的墙上写了一句话："没有人会死在这里！"这引起了大家的注意，很多人说写这话的人简直是疯了，也有人认为这句话无伤大雅，不必擦掉。这句话就这样一直留在了那面墙上。

　　久而久之，医院里的所有人，包括伤员、护士、医生、甚至院长，都记住了这句话。

　　所有伤病员为了不让这句话落空，都坚强地活着，而医生和护士为了这句话，尽力地给予病人最精心的医治和护理。每当有新的伤员来到这家医院时，他们都可以感受得到这是一家坚强的医院，因为每个人的脸上都有一种盼望和坚毅的表情。

多克不仅向人们传递快乐，还向人们传递希望，他给人们带来了积极向上的乐观心态。如果我们每个人都向身边的人传递正能量，那么世界便会因为我们的努力而变得更加美好。

相信一切皆有可能

　　你相信"一切皆有可能"吗？你信或是不信，故事就在这里，奇迹总在发生，世界就是这么奇妙。荒地也能变成绿洲，20年可以开出不曾有过的白花，有人用双手"走"完5 000公里的路程……请你选择相信吧，只要你相信自己，屡败屡战，相信"一切皆有可能"，那么，奇迹也会发生在你身上！

荒地变绿洲

　　丘恩贡果是南美洲智利国北部的一个小村庄。它西临太平洋，北靠阿塔卡玛沙漠，太平洋的冷湿气流和沙漠上的高温气流汇聚在此，使得当地每天雾气缭绕。由于智利位于赤道上，强烈的日晒会将浓雾很快蒸发掉，因此丘恩贡果饱受干旱之苦，数公里地之内都没有一丝绿色、一点生机。

　　在经受了几百年的干旱折磨后，丘恩贡果终于迎来了希望。一位加拿大籍的物理学家罗伯特，在进行环球考察时路经这片荒凉之地，并住进了不远处的村庄。在这段时间，罗伯特发现了一个奇异现象：由于过度干旱，这里几乎没有任何生物，但蜘蛛却四处繁衍，荒地上到处都是蜘蛛网。罗伯特对此很感兴趣，他用电子显微镜观察后发现，蛛丝具有很强的亲水性，极易吸收雾气中的水分，蜘蛛正是靠这些水分生活的。

　　发现了这一"生存奥秘"之后，罗伯特立刻向智利政府提出申请。得到了政府的支持后，他展开研究并最后取得了成功。罗伯特将自己仿照蜘蛛网研制出的人造纤维网，放在当地雾气最浓的地段，这样，雾气被纤维网拦截之后就会形成大量水滴，这些水滴滴到网下的流槽里，再经过过滤、净化，就能被人们利用了。

令人意想不到的是，放置了这些人造纤维网之后，当地每天的平均截水量达到了10 580升，而在浓雾季节，截水量更是可高达13 100升。这样，当地居民就不用为水发愁了，这些水不但可以满足生活用水，还可以用于灌溉。

现在的丘恩贡果，早已不再是尘土飞扬、一毛不拔的荒凉之地，而是鸟语花香、绿树飘摇的美丽村庄。生活在这片土地上的人们，以前从来不敢想象这里也可以变成富饶之乡。

再荒凉贫瘠的土地，也有可能变成生机勃勃的绿洲。只要平时多注意观察生活，勤于思考，我们每个人都会有新的发现，都可能开辟出一片绿洲来。

相信，一切皆有可能

春秋时期，有一对父子，父亲是位将军，儿子却是马前卒。

有一次，父子一起出征打仗，将军为了把儿子培养成大将之才，决定把一个锻炼的机会给他。于是，在号角吹响、战鼓雷鸣时，父亲把儿子唤到跟前，亲手拿出一个箭囊，郑重其事地交给他，指着其中露出一截的箭说："这可是我们的家传宝箭，是你做卫国大将军的祖父传下来的。你随身佩带它，就会拥有无穷力量，让你百战百胜，有如神助。然而，任何时候你都不能把它抽出来，否则它的神力将会消失，这点你千万要切记。"

儿子喜出望外，小心接过箭囊，感觉十分神圣。他仔细观察着箭囊：由厚厚的牛皮打制而成，镶着的铜边儿幽幽泛光，还有那露出一截的箭尾，分明是用上等孔雀羽毛制作的。如此一番观摩后，儿子连忙把箭囊佩戴在腰间，顿时，他感觉自己威武百倍，整个人都为之一震。想象着祖父当年征战沙场时所向披靡的场面，耳旁尽是一阵紧似一阵的"嗖嗖"箭声，敌方主帅就是被这支箭射中要害，落马而亡……

果然，儿子佩带家传宝箭之后，变得威武神勇、所向无敌，把敌人打得落花流水，简直就像一个将军。当听到收兵的号角吹响时，意气风发的儿子缓缓托起箭囊，细细地抚接，心想这果然是宝箭啊！就在这时，他突然非常想知道这究竟是怎样的奇异宝箭，竟然能够让人如此虎虎生威，他已经忘记父亲的特别叮嘱了。于是，他慢慢抽出了宝箭：一支断箭！他惊瞬间惊呆了，这竟然是一支折断的箭。他仓皇地检查，发现这分明就是最普通、最常见的那种箭！

"天哪，原来我一直挎着一支断箭在打仗！"儿子喃喃自语，像个傻子一般。他想起了自己刚才与敌方主帅拼杀的场面，顿感背脊一片冰凉，整个人犹如失去支柱的房子，轰然倒塌了。

将军父亲站在城楼上看得一清二楚，只能深深感叹："真是'孺子不可教也'，你不相信自己的意志，永远也成不了将军！"

故事里的儿子在杀敌时表现得像个将军，正是他的意志在起作用，他相信自己可以像祖父一样厉害。生活中的很多事也如此，只有当我们相信自己可以做到时，我们才能做到。

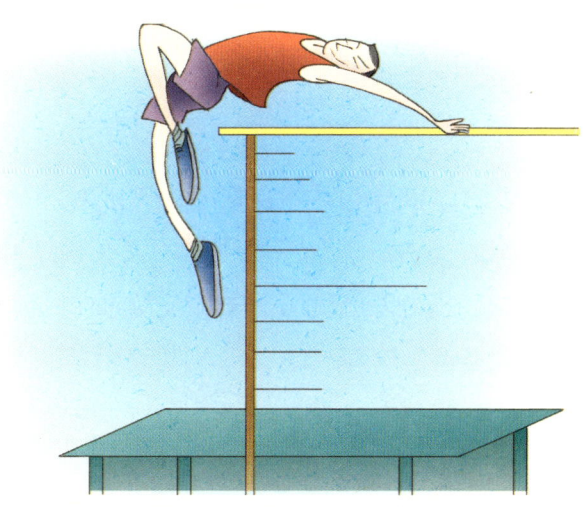

谁说不能"纯白"？

在美国有这样一个让人动容的故事。

某天，一家园艺所收到了一封信和100粒种子，园艺所的人员都感觉很奇怪，怎么会有人突然寄种子过来呢？看完信才明白，原来这一切都是源于20年前的一件事。

20年前，这家园艺所曾在报纸上刊登了一则启事，重金悬赏征求纯白金盏花。启事刚一出来时，引起了巨大轰动，为了那高额的奖金，许多人都去寻找或培育纯白金盏花。一段时间后，人们发现，自然界中的金盏花，只有金色和棕色两种，要想培育出纯白色的金盏花，几乎是一件不可能的事情。渐渐地，人们不再讨论金盏花的话题，也忘记了那则启事。

只有一位老人例外。她是一个地地道道的爱花人，偶然间看到启事，便决定培育纯白金盏花。她的八个儿女一致反对，他们认为母亲是痴人说梦，连专家都没有培育出来白金盏花，她一个不懂遗传学的老人怎么可能做到？

老人不理会儿女的反对，义无反顾地开始了自己的"事业"。她撒下一些最普通的金盏花种子，精心侍弄。一年后，它们开花了，老人从那些花中挑选了一朵颜色最淡的，任其自然枯萎，以取得最好的种子。次年，她把淡花的种子撒到土里，又是一年等待，然后再从许多花中挑选出颜色更淡的花的种子栽种……

就这样，日复一日，年复一年。老人的生活中发生了很多事情，丈夫去世了，儿女远走了，只有老人的愿望没变：一定要培育出纯白色的金盏花。最终，皇天不负有心人，在20年后的一天，老人在园中看到一朵纯白如雪的金盏花。喜极而泣的老人，小心呵护这朵纯白金盏花，默默等待着它的种子。

收获了种子后，老人写了一封热情的应征信，将信件和100粒纯白金盏花的种子一同寄往园艺所。这才出现了故事开头的那一幕。

当天，园艺所收到"纯白金盏花的种子"的消息不胫而走，这又引起众人的热切关注。该不该验证老人信中所说，要不要兑现当初的奖金，园艺所内展开了激烈讨论。最后有人说，绝不应该辜负了这位老人20年的心意，大家才停止了争论。园艺所种下了这些种子，一年之后，一大片纯白色的金盏花在微风中摇曳生姿。园艺所兑现了当初那则启事。

ZHIHUI XIAOYU

老人花了20年的时间，让世人看到了奇迹——纯白色的金盏花。我们很多人缺乏的，正是这种持之以恒的毅力。坚持吧，坚守自己心中的梦，终有一天会出现奇迹。

上帝开了一扇窗

在苏格兰，有一个白痴孩子，整天哭闹，不停地扭动身体，没人能够让他停止下来，还经常作出吓人的模样。他每天只睡3个小时，而且睡觉时还会突然醒来。父母必须24小时照顾他，否则他会破坏家里的一切。有几次，父亲想把他送进社会福利院，却始终不能狠下心来。

孩子6岁了，却说不好一句完整的话，甚至连背诵一个单词都有困难，而且他开始不愿见生人。医生诊断后告诉他父母：可怜的孩子，他得了自闭症。无奈之下，父亲只好把他带到一家儿童教养中心。

然而，到了教养中心，他也是个让老师头疼的孩子。他不停地在课堂上发出尖叫，让其他孩子惊吓不已。他的手不停地玩东西，一刻也不休息，连睡觉时也在动。老师拿他实在没办法，就不再管他了。

有一天，孩子看到地上有一只水笔，他就不停地玩着这只水笔，用它在地上画无数条线。第二天起来，他继续画。结果，一个细心的老师发现了他画的这些线条，惊呼："天哪，他竟然会画画！"

其实，这只是一些圆形、方形甚至不规则的线条而已，称不上是画，但它们出自一个白痴儿童之手，就让人感觉惊奇了。老师不再像往常一样夺走他手中的东西，而是在地上铺上白纸，让他在纸上画，又给他不同颜色的水笔，让他尝试着用它们。从此，这个白痴小孩就一直抓着水笔，除了睡觉，其他时间都在画画。没有人干涉，也没有人指导，任由他画出自己心中的世界。

十年后，他的画被人拿到了拍卖会上拍卖，结果竟然卖出去了，而且被很多资深画家看好。

就这样，许多人记住了他的名字——理查·范辅乐，他一举成名了。他的作品在欧洲和北美展出100多次，每幅画的售价是2 000美元，已卖出1 000多幅。

上帝把门关了，让查理困在"小房间"里，但同时上帝为他开了一扇窗。生活中，我们也会遇到各种不顺，上帝会让我们碰壁，但我们应该努力寻找上帝打开的那扇窗！

双手"走"完的距离

　　鲍勃·威兰德是大学棒球队的主力，23岁那年，他应征服兵役前往越南战场。到越南的第二个月，他不幸踩中地雷，腰身以下都消失了。原来身高190厘米、体重90公斤的魁梧男生，顷刻间，变成了不足一米高、有手无腿的半截人。

　　面对这突如其来的灾难，鲍勃·威兰德没有灰心丧气，而是选择了另外一种生活方式！

　　"我是不会求助于别人的，"鲍勃·威兰德说，"虽然没有了双腿，但我还有双手，我可以用双手代替双腿！谁都可以创造奇迹。"

　　在医院里，他拒绝护士给他穿衣，上下楼梯也拒绝他人搀扶。经过锻炼，他真的用双手代替了双腿，可以自由行走了。后来，他不仅学会了驾驶汽车，还重新踏进了大学校门，甚至考取了体育教师的资格证书。

　　许多美国人知道鲍勃·威兰德的故事之后，都被其自强不息的精神感动了，包括一位时装模特——鲍勃·威兰德后来的妻子。

　　婚后不久，鲍勃·威兰德又作出了一个令所有人瞠目结舌的决定：用双手"走"完从洛杉矶走到华盛顿的5 000公里路程。

这段路程，不仅要走过连绵起伏的山路，经过人迹罕至的原始森林，还要穿越荒无人烟的戈壁沙漠。他的家人都极力劝阻他，舆论也奉劝他为了身体三思而后行，但鲍勃·威兰德决心已定："我认为自己跟平常人没有什么不同。只要是自己想做的事情，就一定能够做到，关键是看你想不想做。"

鲍勃·威兰德开始了自己的"旅行"。从起程之日，他就成了美国舆论的焦点，几乎所有的报纸杂志都关注着他的行程。所到之处，他都受到了热烈的欢迎。许多家长带着自己的儿女，到鲍勃·威兰德必经之地等待他的到来，他们想让孩子也认识他，想告诉孩子：这就是鲍勃·威兰德，他从来不求助于人，他不畏困难，他征服了自己。

整整3年零8个月又6天的时间，鲍勃·威兰德用双手从西部的洛杉矶"走"到东部的华盛顿，跨越了整个美国大陆的5 000公里路程！其间，他不但经历过45 ℃的沙漠高温、零下20 ℃的严寒，也爬过海拔2400米的山路要塞。

在他临近目的地的时候，整个华盛顿，甚至整个美国都沸腾了。数以万计的人出来迎接他，许多人都感动地落泪了。

从此，美国人把"鲍勃·威兰德"这个名字当成勇气、坚强、意志的代名词。

ZHIHUI XIAOYU

走完5 000公里的路程，谁说不可以？看完这个故事，你还会为自己做不到的事找借口吗？遇到挑战时，想想人家双手"走"完的距离，告诉自己：没有什么不可能！

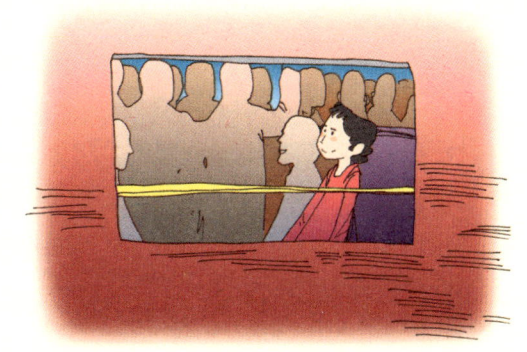

"嘲笑"出来的拳王

乔伊·巴罗斯上学时，常被同学嘲弄，因为其他18岁的男孩子放学后都玩篮球、棒球等等这些"男子汉"的运动，可乔伊却要去学小提琴！

20世纪初，黑人还很受歧视，巴罗斯太太希望儿子能通过某种特长改变命运，所以让乔伊从小学琴。老师说乔伊很有天赋，乔伊的妈妈为了孩子的将来，就省吃俭用，以凑出每周50美分的学费。这对于那时的普通家庭来说，是笔不小的开销。

乔伊的同学不明白这些，他们叫乔伊"娘娘腔"。有一次，乔伊忍无可忍，便用小提琴狠狠砸向取笑他的家伙。小提琴裂成两半儿，乔伊心疼妈妈的辛苦，泪水在眼眶里打转。周围的人一哄而散，还边跑边嘲笑："娘娘腔，拨弄琴弦的小姑娘……"只有瑟斯顿·麦金尼没有跑，也没有笑。

瑟斯顿比同龄人高大魁梧，当时已经是底特律"金手套大赛"中卫冕冠军了。他一脸凶相，但其实是个热心肠的好人。他对沮丧的乔伊说："你要想办法长出些肌肉来，这样他们才不敢欺负你。"

当时，瑟斯顿的想法很简单，就是带乔伊去体育馆练拳击。他不曾料想，自己的这句话不但改变了乔伊的一生，甚至影响了美国一代人的观念。正是因为这句话，瑟斯顿的名字被载入拳击史册，尽管日后他在拳坛并未取得惊人的成就。

乔伊抱着破碎的小提琴跟瑟斯顿来到了体育馆。"我可以先借给你旧鞋和拳击手套，不过，你得先租个衣箱。"瑟斯顿说。

租衣箱一周要50美分，乔伊的口袋里只有妈妈给他学琴的50美分，乔伊狠狠心租下一个衣箱，把小提琴放了进去。

刚开始，瑟斯顿只教了乔伊几个简单动作，让他反复练习。那一周快结束时，瑟斯顿让乔伊试着跟他对打。令瑟斯顿意想不到的是，才第三个回合，自己就被乔伊一个简单的直拳击倒了。"小子，把你的琴扔了！"这是瑟斯顿爬起来后说的第一句话

乔伊当然没有扔掉小提琴，不过他发现自己更喜欢拳击。对于儿子的变化，巴罗斯太太懊恼了一阵后，也只好任其发展。不久乔伊开始参加比赛，渐渐崭露头角。为了不让妈妈担心，乔伊还悄悄地改了名字，将"乔伊·巴罗斯"改成了"乔·路易斯"。

5年以后，23岁的乔已经成为重量级世界拳王。1938年，他击败了德国拳手施姆林，因此而成为了反法西斯者心中的英雄。有趣的是，巴罗斯太太一直不知道人们说的那个黑人英雄就是自己"不成器"的儿子。

在长达12年的时间里，乔·路易斯曾让25名拳手败在自己的拳下。他成为了世界十大拳王之一，也是历史上最为成功的重量级拳击运动员。

智慧小语
ZHIHUI XIAOYU

有谁会想到当初的"娘娘腔"乔伊，日后竟然成为世界拳王乔·路易斯呢？我们不能小瞧任何人，也不能让别人瞧不起我们自己。一切都可能发生，时间会给我们答案。

传媒界的"金矿"

年轻的她，想成为一名电台主持人。于是，她来到了美国大陆无线电台，希望在此谋得一份工作，但电台负责人却以"女主持人不能吸引听众"为由拒绝了她。

后来，她只身前往波多黎各，希望自己能交上好运。因为她不懂西班牙语，所以她花了三年的时间学习语言。在波多黎各的那段时间，她最重要的一次采访，只是有一家通讯社委托她到多米尼加共和国去采访暴乱，连差旅费还是自己出的。

在以后的几年里，她转辗各地，不停地工作，却不停地被人辞退，甚至有些电台指责她根本不懂什么叫主持。

1981年，她来到了纽约一家电台，但是不久后，电台负责人说她跟不上时代，将她解雇了。为此她失业了一年多。

在失业的这段时间，她回顾了自己的职业生涯，发现自己竟然被辞退了18次。她不断回想那些辞退理由，反思自己并为今后做打算。重振旗鼓后，她又出发了。

这次，她来到国家广播公司，向一位职员推销自己的倾谈节目策划，得到了他的肯定，但是，那个人后来离开了广播公司。她再向另外一位职员推销她的策划，这位职员却不感兴趣。她找到第三位职员，说完自己的策划后，希望他雇佣自己。此人虽然同意雇佣她，却不同意她主持倾谈节目，而是让她主持一个政治主题的节目。

虽然自己对政治一窍不通，但她不想失去这份工作，于是她开始恶补政治知识。

1982年夏天，她主持的政治主题的节目开播了。凭借自己娴熟的主持技巧和平易近人的风格，她开创了美国电台史上的先例：让听众打进电话讨论国家的政治活动，包括总统大选。

这个创举让她一夜成名了，她的节目成为全美最受欢迎的政治节目。

现在的她，是美国传媒界的一座金矿，无论她到哪家电台或电视台，都会带来巨额的收益。

她，就是曾两度获全美主持人大奖的莎莉·拉斐尔，现在的身份是美国一家自办电视台节目主持人，每天有800万观众收看她的节目。

智慧小语
ZHIHUI XIAOYU

"遇到挫折不气馁，从中吸取经验教训，屡败屡战，相信自己。"这是莎莉·拉斐尔成功的关键所在。不要认为梦想遥不可及，只要我们拥有那份自信并且坚定去追逐，梦想最终会成真的。

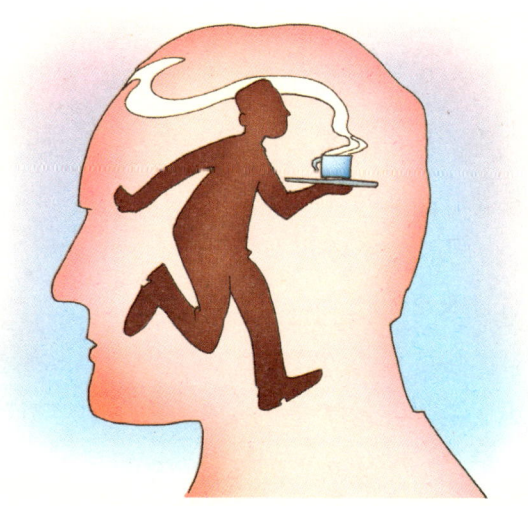

切勿妄下断语

有一位老人，76岁之前认为自己太老了，记忆力大不如从前，学习外语对自己来说简直是不可能的事情。但是，76岁那年，他读到了一个小故事，这使他下定决心要学习外语。这位老人就是记者马维尔，他学习了汉语后，来到中国采访了孙中山，整个采访过程都说着流利的汉语。那么，这是一个什么样的故事，对马维尔影响如此之大呢？原来，他读到的是林肯总统的亲身经历。

在林肯小的时候，他父亲买下了一处农场。这是一片肥沃的土地，只不过上面有许多大石头，正因为如此，父亲才得以用非常便宜的价格买下农场。

有一天，为了让耕种更顺利一些，林肯的母亲建议说："让我们把这些石头搬走吧。"

"这是不可能的。虽然它们看起来只是一块块的石头，但是它们其实是小山头，在地下是与大山相连的，否则主人也不会以这么低廉的价格出售给我们了。"父亲立刻反对。

父亲不同意，母亲也就不与其争论。等到有一天，父亲去城里办事了，母亲便带着孩子去农场里劳动。

"孩子们，让我们试着搬动这些石头吧！"母亲又提议了。

"好啊，好啊！"孩子们就是带着玩的心态。

他们挖啊挖，没想到，往下挖了0.3米就可以晃动石头了。于是，没有花多少时间，大家就把石头都搬走了。

林肯从这件事中得到启示：任何事情，在你没有去尝试做之前，永远不要说不可能。

老人从林肯的故事中受到鼓舞，76岁开始学习汉语，而且后来证明了，76岁也是可以学好汉语的。生活中的我们，在未付出努力去实践时，千万不要主观地断定某事不可能成功。

梦想的坚定者

　　有一位父亲认为律师是一个稳定又体面的职业，所以他十分希望自己儿子能成为一名律师。儿子报考大学时，便顺从了父亲的意愿，选择了法律系。

　　经历了四年的大学生活，儿子迅速成长起来，思想也相应地有了很大的改变。毕业之后，他没有从事本专业的相关工作，而是做自己喜欢的事——写作，他想成为一名作家。

　　儿子的这一"叛逆"举动，让老父亲十分恼火。父亲怒不可遏地训斥儿子："你这根本是在不务正业！如果你都能成作家，那全世界的人都是作家了！我警告你，如果你还不知悔改，我就不再提供任何生活费用！"

　　儿子早料到父亲会有这般反应，所以面对父亲的"威胁"，他只是平静地笑了笑，然后继续埋头写自己的东西。

　　也许是上天想要惩罚一下这个"不孝子"。儿子投出去的稿件，接二连三地被退了回来。这使得他的生活陷入困境，负债累累，但是，儿子坚定地要走这条道路，他把"我将粉碎一切障碍"这句话刻在了手杖上，以便时刻激励自己。即使是在最艰难的时候，他只能以白开水和干面包充饥，乐观的他也没被打倒，他会在就餐时摆上几个写有"香肠""牛排"等字样的空盘子，想象着干面包就是这些美味的食物。

数年之后，儿子终于熬过了严冬，迎来了自己文学生命的春天。

这位儿子就是世界闻名的大文豪——巴尔扎克。

对待自己认定了的梦想，坚定地走下去，别人眼中的不可能最后就会变成现实了。追梦的过程会很辛苦，但这也会是你人生的宝贵财富！

后来居上

　　奥立弗刚刚过完16岁生日，庆生很简单，家人一起吃饭，跟平时没两样，只不过每个家庭成员对奥立弗说了些祝福的话语。他牢牢记住了父亲说的话：做一个独立、自强的男子汉。于是，奥立弗决定靠打工养活自己。可当时正值经济大萧条时期，大人想找份工作都很难，更别说一个未成年的少年了。

　　第二天一大早，奥立弗来到大街上转悠，看看有没有哪家公司需要人手。溜达了一圈，终于发现一家公司门外贴了招聘启事，奥立弗仔细阅读后决定进去面试。他来到了人力资源部，准备领取面试卡，当他被叫去领卡时，他发现自己的数字是"31"，在他后面的求职者一听他是31号，立马就离开了，因为这家公司只招一人。

　　奥立弗没有离开，他在心中问自己：这份工作非常适合自己的专长，而且薪水也不低，机会十分难得，可是"31"这个位置实在是太不利于自己了，老板很可能在"31"之前就确定了某个人，那自己就再也没有机会了，怎么办呢？

　　思考了几分钟，奥立弗终于有了主意，他托秘书给老板送了张小纸条。

老板接过秘书递来的纸条时，满脸疑惑，打开看完后却大笑了起来。原来纸条上写着：先生，我排在队伍的第31位，请您在看到我之前，先不要作决定。

奥立弗面试完后，老板立即恭喜他。老板给出的理由是："你的条件不错，最重要的是你能够掌握住对自己最有利的局面，因为从你的纸条可以看出，你是一个爱动脑筋思考的人。"

奥立弗相信事在人为，他积极主动地使事情朝着有利于自己的方向发展，才能够后来居上。生活中的我们可不能像"32号"那样，而要学习"31号"的精神和机智，无望的事情才会出现转机。

改变思维，改变命运

思维在一定程度上决定着一个人的命运。在别人眼里"山穷水复"的境地，有人却看到"柳暗花明"。很多人会陷于思维定式，缺乏巧妙构思，不懂运用发散性思维。下面的故事能帮助我们更好地训练自己的思维，到达"此路不通彼路通"的境界。

被上帝咬过的苹果

　　布莱克从小双目失明，当知道自己将永远看不到这个世界时，他很悲伤："上帝为什么要这样对我？是我做错了什么吗？我看不见小鸟，看不见树木，看不见颜色，什么都看不见。失去了光明，我还能干什么？"

　　面对布莱克失明的事实，他的亲人、朋友以及很多好心人都会特别关心、照顾他。在家时，爸妈会为他打点好一切；过马路时，会有人主动引导他；坐公交车时，会有人给他让座；上学时，也会得到老师和同学的特别关照。他却把别人的帮助都看成是对自己的同情和怜悯，他不想要这样的同情和怜悯。直到有一天，莱思神父的讲话改变了他对世界的看法。

　　莱思神父对他说："世界上每个人都是被上帝咬过一口的苹果，都是有缺陷的。有的人缺陷比较大，那是因为上帝特别喜爱他的芬芳。"

　　"我真的是被上帝咬过的苹果吗？"他问神父。

　　"是的，你不是上帝的弃儿。但是上帝肯定不愿意看到他喜欢的苹果在悲观失望中度过一生。"莱思神父轻轻答道。

　　"谢谢神父，您让我找到了力量！"听了神父的话，布莱克有如醍醐灌顶。

从此，他把失明看作是上帝对自己的特殊钟爱，开始振作起来。若干年后，布莱克成为了一位德艺双馨的盲人推拿师。

莱思神父的话多么睿智。每个人或多或少都会有一些缺憾，面对这些无力改变的缺憾，我们是怨天尤人？还是换个角度看待呢？相信只要我们换种思维方式，不屈服于命运，人生必定能活出别样的风采。

善用智慧，上演逆战

　　狼和驯鹿之间的关系，微妙而独特。它们出生在相同的地方，又同时奔跑于自然环境极其恶劣的旷野上。大多数时候，狼不骚扰鹿群，驯鹿也不害怕狼，它们可以在同一个地方活动而相安无事。

　　但实际上，在这看似和平的时候，狼群会突然袭击鹿群。驯鹿遭到袭击，惊愕而迅速地逃窜，但很快又会聚成一群以确保安全。在这追和逃的游戏里，其实，狼群在发动袭击之前就已锁定目标，并计划等驯鹿逃窜时，由一只狼出其不意地从斜刺里窜出，以迅雷不及掩耳之势抓破一只驯鹿的腿。

　　游戏结束时，狼也没有得到一点食物，驯鹿也没有牺牲，只是有一只驯鹿受了点皮肉伤。第二天，相同的剧情再次上演，依然从斜刺里冷不防地冲出一只狼，抓伤那只已经受伤的驯鹿。

　　每次都有狼从不同的地方窜出来做猎手，攻击同一个目标——受伤的驯鹿。那只可怜的驯鹿不断受伤，逐渐丧失大量的血和力气，更为致命的是它连反抗的意志也逐渐丧失了。当它越来越虚弱，已不再对狼构成威胁时，狼便群起而攻之，那只驯鹿很快变成了狼群腹中的美味。

其实，狼根本无法对驯鹿构成威胁，因为身材高大的驯鹿可以轻易地把身材矮小的狼踢死或踢伤。相比之下，驯鹿是拥有优势的，而狼处于劣势，可到最后，为什么驯鹿却成了狼的美食呢？

狼群是聪明绝顶的。它们每次都抓伤同一只驯鹿，让那只驯鹿经受一次次受伤的打击后，变得信心全无，直至最后完全崩溃，以致完全忘记了自己还有反抗的能力，当狼群攻击它时，它自然就放弃了抵抗。

狼没有被饿死或被驯鹿踢死，而是运用智慧，锁定一个目标，最后成为了赢家，上演了一场精彩的逆战。

在环境恶劣的旷野上，生存是每种动物面临的问题，狼群靠智慧上演着逆战。那么，生活中的我们又该怎样克服劣势呢？我们可以学习狼的智慧：选定一个合适的目标，不断努力向前。

山穷水复？柳暗花明！

　　有一个年轻小伙儿——保罗，他父亲去世时留下了一座美丽的森林庄园，这足以让他衣食无忧地过完下半辈子。可谁知天有不测风云，保罗还没来得及将这片郁郁葱葱的森林置换成金钱，就发生了一场雷电引起的大火，把森林烧毁得一干二净。眼看着父亲生前的心血，在一夜之间都变成了黑乎乎的焦炭，保罗欲哭无泪、伤心欲绝。

　　伤心归伤心，保罗并没有失去理智，他觉得自己总得做点什么。于是，他暗下决心，一定要让森林庄园恢复到最初的美丽模样。为此，他向银行申请了巨额贷款，但却遭到银行的拒绝，理由是他不能提交任何担保。这下，保罗更是深受打击，只好把自己关在房间里，茶不思饭不想，一连几天都不出门。妻子担心他这样下去身体会垮掉，便苦口婆心地劝他出去散散心。

　　保罗知道妻子是为了他好，也发现自己不能这样逃避一辈子，所以他终于决定还是出门去看看外面的世界。这天，他来到了大街上，看到熙熙攘攘的人群，感受温暖的阳光，让他更加明白：上帝是不会怜悯我的，更不会因我而去改变这世界，我要想改变命运就只能靠自己了。他继续瞎逛着，拐过一个街角，发现有一家店的生意很好，排队的顾客都排到店门百米开外了。出于好奇，他上前向一个妇女打听。

"女士，您好！请问你们这是在买什么好东西呀？竟然这么多人排队！"

"哦，您瞧，这不冬天快来了嘛，到时候烤肉啊、取暖啊都需要木炭，如果现在不先备着点儿，以后可能就买不到了呢！"

"原来如此，谢谢您了！"保罗喜出望外。

"不客气！"

保罗心里有了主意，立刻跑回家告诉妻子。夫妻俩雇了几个手脚麻利的炭工，让他们把庄园里烧焦的树木加工成优质木炭。可以想象，这一大批上好的木炭刚一进入市场，没过多久，便被抢购一空。而保罗，自然是拍着厚实的腰包，心想：上帝待我还是不薄的。第二年春天，他用这笔钱购买了大量树苗，请人将其种植在庄园里。又过了几年，人人都以为消失了的庄园再次变成一片绿浪滚滚的森林海洋。

生活总爱跟人开玩笑。当我们觉得自己到了山穷水复的绝境时，何不试着改变惯性思维？拐过街角，善于去发现机遇，说不定，我们将会看到柳暗花明的美好。

改变思维，改变命运

  几十年前，南非少数民族布须曼族的人们还过着原始的狩猎生活。他们具有高超的捕猎技术，可以根据动物留在地上的痕迹，判断出是何种动物、动物的性别、年龄以及是否受伤等等。可是，随着自然环境逐渐退化，猎物也越来越少，而他们除了拥有一流的狩猎技术，其他什么技术都不会，这使得布须曼族人面临着一场生存危机。在竞争日益激烈的社会里，他们快失去自己的立足之地了。幸运的是，研究员哈里的到来，化解了这场危机。

  哈里在南非某科研机构工作。机缘巧合，他来到了布须曼族的领地，看到族人们穷困的生活状况，深深震惊了。他决定留下来生活一段时间，好好考察一下环境，看看能否为他们做点什么，以拯救这个即将没落的民族。

  经过一段时间的认真考察，哈里终于有所收获，他发现了这样一个现象：族里从未有人因饥饿而死亡，即使是在最艰难的生存时刻也没有。族人们告诉他，当他们没有半点食物时，就会去挖沙漠中的一种野草来吃，这种草虽然难以下咽，却具有很强的抗饥饿作用，这是布须曼族在此长期生活得出的经验。正因如此，布须曼族把这种草叫作"救命草"。

  凭着自己敏锐的科研直觉，哈里知道——转机出现了！他在几个族人的陪同下，前往沙漠采集了一些"救命草"，然后将它们带回研究所。

研究结果出来之后，哈里就着手联系各大洲的医药公司，并向外界公布了自己的发现。结果，在短短的几星期内，哈里的办公桌上便堆满了文件，全是订购"救命草"的合同。当哈里把这些合同交给布须曼族的族长时，全族人都大惑不解，哈里便解释说："你们的'救命草'是治疗肥胖症的理想原料，全球科学家们找了几十年都没有找到。这些都是向你们订购'救命草'的合同呢，所以你们发财的机会到了，全族有救了！"

果然，这些年来，靠出售这种比金子还昂贵的药材，布须曼族每年约有640万欧元的收入，所有族人再也不用为食物发愁了。面对这巨大变化，族长感叹道："真没想到，在这片祖祖辈辈生活的穷地方，改变全族命运的竟会是这种毫不起眼的野草！"

由于思维定式，布须曼族人一直把野草当作最最普通的草而已，并未想过它的潜在价值。可见，生活中的你我应该打破思维定式，身边看似普通的事物往往不简单，我们要善于发现其价值。

"成也萧何，败也萧何"

　　章鱼是一种生活在海洋里的食肉动物。据悉，最大的章鱼体重可达32公斤，相当于一个十几岁少年的体重！令人惊奇的是，如此巨大的身体，居然可以随心所欲地钻进任何一个穴隙，甚至可以从一个银币大小的洞里自由进出。

　　科学家们发现，原来是因为它没有脊椎，身体异常柔软，才可以像流水一样任意变换自己的形状。正因为这个特点，小鱼小虾常常难以逃脱其"魔爪"。比如，章鱼经常钻进小小的海螺壳里，只要鱼虾一靠近，它就立马探出头来，以迅雷不及掩耳之势将毒液注入鱼虾体内，然后就可以慢慢享用美食了。

　　如此灵活又危险的章鱼，在海洋里往往生活地潇洒自在，但如果遇到了聪明的渔民，章鱼却会"自投罗网"。这是怎么回事呢？

　　渔民知道章鱼习惯了见孔就钻，所以他们让章鱼自己囚禁自己——他们把用绳子系好的小瓶子投入海中，吸引着海里的章鱼往里钻。果不其然，已经形成了惯性思维的章鱼，看到瓶口都毫不犹豫地钻进去，根本不顾里面的空间有多小、多窄。这样一来，原本在海洋里神出鬼没的章鱼，一会儿工夫就成了"瓮中之鳖"，而渔民就可以直接"坐收渔利"了。

章鱼到最后也不明白：明明这些洞里可以供自己藏身，是捕食的绝佳位置，为什么自己反而成了他人的腹中之食？可怜的章鱼，真是死不瞑目啊。

真是"成也萧何，败也萧何"！章鱼想不到，自己的优势竟会成为自己丧命黄泉的原因。生活中的我们，一定要特别警惕惯性思维，遇具体事情要具体分析，不可凭经验想当然地对待。

绝妙的遗嘱

　　有一位商人非常善于经营，靠着自己的勤奋努力，白手起家的他在中年时就步入了富商的行列。谁知"天有不测风云，人有旦夕祸福"，有一次，富商带着仆人拉莫尔去外地做生意时，在半路上忽然染上重病。富商预感自己即将离开人世，又无法跟唯一的儿子见上一面，便思索着如何才能让儿子顺利继承财产。最后，他立了如下遗嘱：由拉莫尔继承所有的财产，但儿子可以从财产中任意挑选一件，并且只能是一件，拉莫尔必须无条件支持儿子的选择。

　　富商死后，拉莫尔拿到遗嘱，知道自己可以继承全部财产，兴奋不已，立即收拾东西回去。少主人听到仆人带回的噩耗后，号啕大哭起来。

　　"请少主节哀，这里还有一份老主人留下的遗嘱。"拉莫尔边说边把遗嘱拿出来，同时心里想着：等你看到遗嘱，那还不得哭死，嘿嘿。

　　"遗嘱？"儿子伤心过头了，根本没想到这事。啜泣着看完遗嘱后，儿子问仆人："我父亲还有没有留什么话给我？"

"没有，只留了这个。"拉莫尔指指遗嘱。

儿子又大哭了起来，他哭的是父亲为什么不给自己留话，就这样丢下自己走了。拉莫尔却以为少主是因为无法继承财产而哭。

办完丧事后，儿子琢磨自己该怎么办，他知道父亲这样写自有他的苦心，但自己却不知该如何选择这一最关键的财产。苦恼的他只好求助于一位老人，这位老人是镇上公认为最贤明的智者。老人听完他的诉说之后，赞叹地说道："你的父亲非常精明，而且非常爱你。"

"这我当然知道，关键是我该如何选择呢？"儿子急切地问道。

"我不能替你作决定，所以我不会直接回答这个问题，但是，"老人捻着胡须说道，"我可以帮你分析令尊的良苦用心。现在你站在令尊的角度想想，假设你就是他，面临以下情况："

稍作停顿，老人继续说，"自己即将不久于人世，儿子又不在身边，仆人肯定会打财产的注意。如果我不立下遗嘱，仆人很可能会假传遗言给儿子；那如果遗嘱不能让仆人满意，他又可能会带着我的随身财物逃走，连丧事也不报告给儿子。我把全部财产都送给他，这样他才会好好保管财产，又以最快的速度去见儿子。"

"嗯，有道理！可是然后呢？"儿子还是没有明白。

"你愿意把自己辛苦挣来的财富就这样拱手让给一个仆人？当然不愿意嘛，所以令尊才加上了后面的条件啊，为了安抚仆人，他还特意强调'只能是一件'。"

"您分析得固然不错，但说来说去，我还是不知道该选哪件财产啊。"年轻人依旧困惑。

"哎，你还不明白啊？这个仆人不也是你父亲的财产之一吗？"老人只好挑明了。

儿子终于恍然大悟，于是，他选择了拉莫尔。

智慧小语
ZHIHUI XIAOYU

　　老人换位思考明白了富商的用意，点拨年轻人，才使富商的遗愿得以实现。现实生活中的人们，又有多少人会换位思考呢？只有换位思考，站在对方立场看待事情，才能更好地理解彼此，才能和睦相处。

三幅画像

　　从前有一位国王，运气不太好。在一次狩猎过程中，一只野兽突然横窜出来，国王的坐骑受到了惊吓，使得国王从马背上摔下来，让国王失去了一只眼睛，瘸了一条腿。愤怒的国王下令，一定要抓住那只野兽。可是3个月过去了，都没有见着野兽的踪影，这件事也就只好不了了之。从此，国工处理政务时都只能睁一只眼、跛着脚。

　　国王日益衰老了，眼看就要退位了。按照国王的意思，各个大街小巷都贴了告示：征集全国优秀的画师为国王画像，令国王满意者重重有赏，否则终生不得再为画师。原来，这个国家一直以来都有个传统：新国王继位之后，要把老国王的画像挂在自己的宝座后面，以督促自己好好治理国家。

　　告示贴出去两个月了，竟然没有一人敢为国王画像。许多画师都明白：且不问那句"重重有赏"是赏什么，要让国王满意，谈何容易？一不小心就丢了饭碗，当然没人愿意接这种高风险低回报的活。

　　见没人前来画像，大臣们就向国王提议，在告示上把具体奖赏列出来。国王想想有道理，就采纳了意见，而且列出的奖赏比自己心里原先预想的高

出许多。这招果然有效，高风险高回报就会有人愿意冒险。新告示贴出一星期后，就有甲、乙、丙三位画师来到宫中。

甲想着国王肯定喜欢真实的自己，乙认为国王当然喜欢威武的样子了，丙思索着这幅画应该巧妙而又不失客观地表现出国王的英勇。三位画师都表示自己一定会画出让国王满意的作品。

几个时辰后，三位画师都绘画完毕，站在一旁，静静等待国王的评语。

国王先看甲的画：画中的自己跟平时一样，站在华贵的地毯上，一只手拄着拐杖，另一只手向前伸着，正是与大臣们商议政事时的神情。一眼就看到自己瞎掉的眼睛和瘸了的腿，国王十分生气，立刻把甲赶出宫廷了。

再来看乙画的国王：一身戎装，英姿飒爽，气度从容而不失威严，并且双眼明亮、双腿笔直。看着这幅画像，国王眉头紧皱，挥手让这位画师离开。

当打开第三幅画时，国王大喜，立即宣布任命丙为皇宫画师，并妥善安置其家人，该给的奖励一样不少。大臣们都很好奇丙到底有何能耐，让国王这么满意。于是，征得国王同意后，大家都上前观看丙的画作：

国王穿着狩猎服，手里拿着枪，眼睛瞄准远处的猎物，那条受伤了的腿在马身后面。

第三幅画像正是因为构思十分巧妙，才赢得国王的青睐。在日常生活中，我们也应该多注意训练自己的发散性思维，做同一件事情时多想几种方法，这样才会收获更多。

此路不通彼路通

一个星期天，吃午饭时，12岁的埃尔莎向母亲抱怨学校的午餐。

"妈妈，学校的午餐太难吃了，根本不像人吃的东西，实在让人无法下咽。您能不能去学校提点儿意见啊？我们学生去反映，学校根本不予理睬。"

"是吗？真有那么难吃？你就不要抱怨了，挑食可不好哦！你应该把精力放在学习上才对。还有，你看我最近那么忙，哪有时间去学校提意见啊。"母亲根本不重视埃尔莎所说。

埃尔莎只好闷头吃饭。父亲见状，决定启发儿子，让他自己想办法。于是，饭后，父亲把埃尔莎带到附近教堂的钟楼顶上。

"埃尔莎，你看下面。"父亲指着楼下对儿子说。

楼顶较高，埃尔莎有点害怕，但看到父亲鼓励的眼神，他终于鼓起勇气向下看。一个广场位于村子中间，它的周围有许多纵横交错的曲折小路，但不管如何迂回，最终每一条路径都能通向广场。

看到儿子若有所思，父亲轻声说："通往广场的路不止一条，如果你顺着这条路无法到达目的地，那就试试另一条路吧。"

"哦，对！我明白了，爸爸。"埃尔莎高兴地叫了起来，他已经想到办法了。

第二天，埃尔莎在学校吃午餐时，用瓶子装了些菜汤。傍晚回到家，他就把菜汤倒进碗里，端给母亲。

"妈妈，您尝尝这碗汤，这是我让某厨师特意为您准备的。我之前喝过，觉得很'好'喝，所以想与您分享。"埃尔莎用诚恳的语气说道。

"哇，谢谢你，这么有心！"颇感意外的母亲高兴地喝了一大口，立马喷了出来，"天呐，这是什么破汤？这厨子是不是疯了？竟然做出这么难吃的东西！"

"无法忍受是不是？这就是我们学校的午餐，妈妈。"埃尔莎立刻说道。

母亲当场就愣住了。第二天一大早，她就去学校反映午餐的问题，要求学校为学生着想改善伙食。

聪慧灵活的埃尔莎，长大后成为了一位国际著名的服装设计大师。

ZHIHUI XIAOYU

埃尔莎善于变换思维，才成功地"说服"了母亲，才会成为著名设计师。不论学习还是生活，遇到问题时，我们都应该懂得变通，才不会被难倒。